니토리 고이치 장편소설

이소담 옮김

기다리고 있습니다

변두리
화과자점
구리마루당

3

* 이 도서의 국립중앙도서관 출판예정도서목록(CIP)은 서지정보유통지원시스템 홈페이지(http://seoji.
nl.go.kr)와 국가자료공동목록시스템(http://www.nl.go.kr/kolisnet)에서 이용하실 수 있습니다.
(CIP제어번호: CIP2016016893)

**OMACHISHITEMASU SHITAMACHIWAGASHIKURIMARUDOU 3**
©KOICHI NITORI 2015
Edited by ASCII MEDIA WORKS
First published in Japan in 2015 by KADOKAWA CORPORATION, Tokyo.
Korean translation rights arranged with KADOKAWA CORPORATION, Tokyo, through
KCC.

이 책은 (주)한국저작권센터(KCC)를 통한 저작권자와의 독점계약으로 (주)은행나무 출판사에서 출
간되었습니다.
저작권법에 의해 한국 내에서 보호를 받는 저작물이므로 무단전재와 복제를 금합니다.

기다리고 있습니다

# 변두리
# 화과자점
# 구리마루당 3

니토리 고이치 장편소설

이소담 옮김

은행나무

# 차례

**일러두기**
*본문의 주는 모두 옮긴이의 주입니다.

프롤로그

도쿄 아사쿠사.

변두리 동네 사람들이 바쁘게 오가는 오렌지 거리 어딘가에
고즈넉하니 자리한 화과자점이 있다.

다갈색 포럼에 달필로 적힌 가게 이름은 '과자점 구리마루당'.

메이지 시대* 때부터 4대째 이어오는 노포로, 소규모 찻집도
겸한다.

안으로 들어가면 진열장에 정갈하게 놓인 각양각색의 화과
자가 당신을 반긴다.

소박하면서도 다양한 형태와 고급스러운 색감을 보면 당신
의 입가에도 분명 미소가 지어질 것이다.

* 1868년 1월 3일부터 1912년 7월 30일까지 메이지 일왕이 통치한 시대.

그런데 이 가게의 상품은 그것만이 아니다.

이따금 예상하지 못했던 것이 들어올 때가 있다.

당신은 이 가게에서 마음이 따뜻해지는 행복한 한때를 보낼 수도 있고 놀라운 사건과 만날 수도 있다.

제1장

———

안미쓰

"오빠, 진심이야? 그만두라니까."

가에데의 말에 오빠 아사바 료는 구두의 체인을 채우며 나른하게 대답했다.

"넌 걱정도 많다. 나한테 다 생각이 있다니까."

변두리 동네의 자그마한 공장 아사바 제작소에서 그리 멀지 않은 주택가에 있는 아사바의 집. 천장이 높다란 현관에서 오빠 아사바 료와 동생 가에데는 아까부터 말다툼을 계속하고 있었다.

아사바와 가에데는 두 살 터울인 남매이다.

둘 다 피부가 하얗고 단정하게 생겼는데 성격은 정반대에 가깝다.

저녁을 먹고 스리슬쩍 외출하려는 오빠를 눈치채고 가에데가 어디에 가는지 물은 것이 말다툼의 발단이었다. 처음에는 오빠가 편의점에라도 가는 줄 알았다.

가에데는 얼마 전에 동네 고등학교를 졸업했고 지금은 재수 생이다. 오늘도 하루 대부분을 공부하며 보냈기에 기분 전환 이라도 하고 싶었다.

대학 입학에 실패한 충격은 이제 완벽하게 극복했다.

한때 음식물을 전혀 받아들이지 못해 입원까지 했지만 소꿉 친구 구리타 진과 아오이라는 정체 모를 여성의 도움을 받아 건강을 되찾았다.

이제는 열심히 시험공부에 전념하고 있으니 두 사람에게 아 무리 감사해도 지나치지 않다.

그런데 오빠가 은인인 구리타에게 터무니없는 짓을 하러 간 다지 뭔가.

"지난번에 그거……. 지금부터 구리타에게 다 말하러 갈 생 각이야."

오빠는 불손한 표정으로 가에데에게 선언했다.

이어서 말해준 자세한 이야기는 솔직히 입 밖으로 꺼내기도 망설여지는 내용이어서 가에데는 당연히 찬성하지 않았다.

얼굴만 봤다 하면 늘 독설을 주고받는 오빠와 구리타라지만 그 이야기를 꺼낸다면 사태는 농담으로 끝나지 않을 가능성이 컸다.

자칫했다가 10년이나 이어진 우정에 결정적인 금이 생길 것이다.

그러나 가에데가 아무리 그러지 말라고 타일러도 오빠는 들은 체 만 체 하며 나른하게 말을 돌릴 뿐이었다.

도대체 무슨 생각일까? 의도가 뭐지? 가에데는 오빠의 심리를 이해할 수 없었다.

"그럼 나 다녀온다."

경박한 말투로 말하며 현관을 나서려는 오빠의 등에 대고 가에데는 다시 한 번 못을 박았다.

"진짜로 그만두는 게 좋다니까! 나는 몰라, 어떻게 되어도."

"으음……."

오빠는 약간 시간을 두고 돌아보더니 곧이어 퇴폐적인 미소를 지었다.

"그게 재미있잖아."

"뭐라고?"

입을 벌리고 멍해진 가에데에게 아사바는 팔랑팔랑 손을 흔들더니 현관문을 열고 밤의 장막이 드리운 아사쿠사 거리로 훌쩍 나가버렸다.

4월도 벌써 중순.

벚꽃 향기를 품은 밤바람이 불어 오동나무 공예품을 만드는 노포와 현대적인 간판을 단 보석 가게, 일본 전통 의복을 취급하는 포목점 등 나란하게 선 가게의 처마를 꼼꼼하게 어루만졌다.

어스름에 떠 있는 전등은 어딘가 향수를 자극하는 따사로운 빛으로 주위를 밝혔다.

이곳은 아사쿠사. 해가 저물면 낮과 또 다르게 풍치 있는 일본 고유의 정서가 감도는 거리.

그 아사쿠사 한 곳에 메이지 시대부터 이어져 내려온 화과자 가게 겸 찻집 '구리마루당'이 있다. 내부 작업장에서는 조리용 모자를 쓰고 가운을 입은 젊은 화과자 장인 둘, 구리타와 나카노조가 마주 서서 일하는 중이었다.

내일 장사를 위한 준비였다.

구리마루당의 폐점 시간은 저녁 8시.

이제 곧 문을 닫을 이 시간에는 과자 만들기보다 도구 손질과 필요한 재료의 양을 계량하는 일 따위가 주된 업무였다.

오래된 냄비와 체가 선반에 나란히 놓였고 벽에는 이조식

(二槽式) 싱크대와 업무용 제떡기가 놓여 있다. 오로지 화과자 장인만을 위한 공간인 작업장에서 지금 두 사람은 먹색 스테인리스 작업대를 사이에 두고 내일 팥소를 만들 때 사용할 재료를 선별하고 있었다.

작업대 중앙에 놓인 것은 대바구니에 든 대량의 팥.

팥을 왼손으로 퍼서 형태가 별로인 것이나 벌레 먹은 것을 골라 다른 용기에 담는다.

질 좋은 팥을 다 모아 물에 하룻밤 담가두면 팥이 부풀어 오르고 껍질이 부들부들해져서 내일 아침쯤에는 팥소를 만들기에 딱 좋은 상태로 완성되는데…….

"어이, 나카노조. 슬슬 보여주지."

팥을 골라내며 구리타 진이 입을 열었다.

그는 날카로운 용모와 탄탄하게 마른 체구가 인상적이고 머리카락이 새까만 청년이다.

한때 불량하게 살던 시절도 있어서 예리한 눈빛에 그 흔적이 남아 있으나, 그래도 실력 하나는 뛰어난 화과자 장인이어서 부모님이 교통사고로 돌아가신 뒤에는 대들보가 되어 가게를 열심히 꾸려나가는 구리마루당 4대 주인이다.

"계속 뜸을 들이면 부담만 커질 거다."

"아니, 딱히 뜸 들이는 건 아닌데요."

입술 사이로 하얀 치아를 드러내며 웃는 나카노조.

구리타보다 어린 화과자 장인으로, 중학교를 졸업하자마자 구리마루당에 제자로 들어왔다.

장인 기질이 강해 고지식한 구리타와 달리 나카노조는 태평하고 새새거리는 성격이지만, 서로 극과 극인 덕분에 오히려 묘하게 마음이 맞아 둘은 싸운 적이 거의 없었다.

"뜸 들이는 게 아니면 뭔데?"

구리타가 묻자 나카노조는 팥이 담긴 대바구니를 살펴보고 대답했다.

"그게요……. 작업을 조금 더 진행한 뒤에 해야 잘 울릴 것 같아서요."

"울려?"

무슨 뜻일까. 구리타는 미간을 찌푸렸다.

이야기의 발단은 사소했다. 팥 선별 작업을 시작하기 전에 나카노조가 갑자기 이렇게 말했다.

"이따가 팥을 사용해서 재미있는 기술을 보여드릴게요."

제과 지식이라면 자신 있는 구리타라도 미지의 기술에는 순수하게 흥미를 느낀다.

게다가 나카노조 역시 가벼워 보여도 화과자 장인으로 산 역사가 길다. 이 정도로 뜸을 들이는 것으로 보아 몰래 특별훈

련이라도 해서 체득한 특수 기술을 선보이려는지도.

내심 조바심이 났지만 구리타는 묵묵히 작업을 진행했다.

대바구니 안의 팥은 순조롭게 줄어들어 이윽고 바닥에 듬성 듬성 남은 상태가 되었다.

"음. 뭐, 이 정도면 될까요."

턱을 살짝 쥐고 나카노조가 상쾌하게 웃었다.

"구리 씨도 학수고대하시는 것 같으니 이쯤에서 슬슬 보여 드리겠습니다."

"아아, 얼른 하라고."

협박하듯이 눈짓하자, 나카노조는 대바구니를 양손으로 들고 신중하게 기울였다.

팥이 일제히 낮은 곳으로 흘러 차르륵 소리가 났다.

"자아, 구리 씨. 귀를 기울여보세요. 밀려왔다 물러가는 유구한 조화에……."

촤아, 차아아악.

오른쪽으로 왼쪽으로 나카노조가 기울이는 대바구니 안에서 넘실거리는 팥이 파도와 비슷한 소리를 냈다.

파도 효과음. 구리타는 속으로 중얼거렸다.

예전에는 영화나 연극 따위에 쓰이는 파도 효과음을 이렇게 수작업으로 만들었다고 한다.

나카노조의 솜씨는 예상 이상으로 훌륭했다. 파도가 밀려들 때와 물러갈 때에 맞춰 기울기를 적절히 바꾸면서 완급을 조절하는 연출이 얄미울 정도로 대단했다.

"······네가 보여주겠다던 기술이 이거냐."

구리타가 눈을 가늘게 뜨고 묻자 나카노조는 코를 벌름거리며 고개를 끄덕였다.

"얼마 전에 문득 떠올라서 혼자 연습했어요. 생각보다 어렵다고요. 참고로 지금은 평소보다 더 정서를 담아서 소리를 내고 있어요."

"아니, 연습 안 해도 돼. 정서 안 담아도 된다고. 우리는 효과음이 아니라 화과자를 만드는 가게란 말이다."

"아이참, 구리 씨. 그러니까 더 그렇죠."

"뭐가?"

"화과자 제과에 종사하는 사람이니까 재료를 다방면에서 파악해야 하지 않겠어요? 아오이 씨의 방대한 지식이 바로 그런 거잖아요? 아오이 씨처럼 되려고 이래 보여도 저 나름대로 공부하고 있다고요."

일리가 전혀 없지는 않아서 구리타는 조금 머쓱해졌다.

그때, 나카노조가 갑자기 검지를 번쩍 들더니 부자연스럽게 높은 목소리를 꾸몄다.

"'와아, 팥이 활약하는 분야가 이렇게 많다니 정말 대단하네요. 참고로 파도 소리를 만들 때 대두나 완두콩이 아니라 팥을 주로 사용하는 이유가 뭘까요?'"

누구 흉내를 내는지 뻔했다. 구리타는 싸늘한 눈빛으로 간결하게 대답했다.

"……습기에 강하기 때문에. 언제나 똑같은 소리가 나니까."

오오. 나카노조가 놀란 표정을 지었다.

그러나 지금 진행 중인 작업의 의미를 안다면 답은 명백했다.

다른 대부분의 콩류는 물에 몇 시간 정도 담가두면 충분히 부풀지만, 팥과 동부콩은 껍질이 단단하고 배꼽에 있는 흡수 조직으로만 물을 흡수해서 시간이 걸린다.

따라서 우수한 팥소를 만들려면 전날부터 팥을 물에 담가두어서 빠르고 폭신하게 삶아질 상태로 만들어야 한다.

"'역시 구리타 씨, 정답이랍니다.'"

나카노조가 전혀 귀엽지 않게 박수를 친 시점에서 더는 참지 못하고 손이 나갔다.

"아얏!"

"이제 그만해……. 무엇보다 아오이 씨랑 하나도 안 비슷하다고. 실례잖아?"

주먹으로 얻어맞은 나카노조는 정수리를 꾹 누르고 그 자리에 쪼그리고 앉아 죄송하다고 끙끙 앓았다.

이렇게 아기자기한 대거리를 주고받을 때, 앞치마 차림의 아카기 시호가 포렴을 헤치고 작업장 안으로 들어왔다.

"오오, 뭐야? 또 둘이서 사이좋게 장난치고 있었어?"

눈을 찡긋하며 묻는 시호를 보고 구리타는 입술을 약간 부루퉁하게 내밀고 대답했다.

"……장난친 게 아니고 사이도 안 좋거든."

"부러워라. 젊은 사람들은 뭘 해도 즐거울 테니까."

"그러니까 아니라고 했잖아. 시호 씨는 뭐 안 젊어?"

"뭐. 그거야 굳이 말하지 않아도 당연한 세상의 상식 같은 거고."

그렇게 말하며 깔깔 쾌활하게 웃는 시호는 이십대 후반. 아사쿠사에서 태어나고 자란 호탕한 점원이다.

갈래를 나눠 뒤통수에서 묶은 갈색 머리와 이목구비가 또렷하고 기가 세 보이는 외모. 과자 판매와 찻집 접객이라는 두 가지 역할을 담당하는 구리마루당의 간판과도 같은 존재이다.

"그런데 왜? 급한 주문이라도 들어왔어?"

구리타가 묻자 시호는 "아니야" 하고 고개를 저었다.

"너한테 온 손님. 무슨 일인지 모르겠는데 꼭 만나야겠다네."

"손님? 나한테……?"

누구지. 특별한 약속은 없는데. 여기까지 생각한 순간, 구리타의 가슴이 남몰래 두근거렸다.

……아오이 씨일까?

아오이의 행동은 비교적 예측 불가능하다. 아사쿠사가 마음에 쏙 들었는지 이따금 갑작스럽게 놀러 오곤 하니까 이번에도 그런 것인지 모른다.

구리타가 괜스레 매무시를 고치고 있으려니 익숙한 얼굴이 포럼을 헤쳤다.

"굿모닝. 밤이지만."

이 녀석이었다니. 구리타는 낙담했다.

"이제 곧 가게 닫을 시간이지, 구리타? 할 말이 있으니까 끝나면 얼굴 좀 빌려주라?"

"……귀찮아. 지금 여기서 말해."

"아니, 그러기 좀 어려울 정도로 중요한 얘기라서."

상쾌하게 웃으며 앞머리를 쓸어 올린 녀석은 예전부터 지긋지긋한 악연인 악우(惡友) 아사바 료였다.

＊

어둑어둑한 강의 수면 위로 색색의 등불이 번진 듯이 녹아들어 흔들렸다.

스미다 강 너머로 불이 켜진 스카이트리*가 보이는 고요한 밤의 스미다 공원을 구리타와 아사바는 말없이 걸었다.

가게 문을 닫은 뒤, 아사바가 이런 곳에서 말하기는 그러니까 조금 걷자고 제안했다.

"이쯤 왔으면 됐지. 할 말이 뭔데?"

구리타가 멈춰 서서 묻자, 아사바는 밤이 내려앉은 강 수면을 배경으로 나른하게 돌아보았다.

"너는 하여간 성질이 빌어먹게 급해. 참을성이라곤 없는 너와 다르게 델리키트한 나는 마음의 준비가 필요하단 말이다."

"……하아?"

"하아는 뭐야. 딱 보면 알잖아."

짐짓 어깨를 움츠리는 아사바의 옷차림은 나풀나풀 가벼워서, 까만 바지와 군복 재킷을 입은 구리타와 달리 어떤 의미에서 섬세해 보이기도 했다.

조금 긴 머리에 목에 건 야단스러운 액세서리. 앞을 여미는 스타일의 카디건과 광택이 나는 스키니 바지가 비교적 자연스럽게 어울렸다.

* 도쿄 도 스미다 구에 위치한 세계 최고 높이의 전파탑.

입버릇은 나쁘지만 용모만큼은 괜찮은 남자, 이것이 아사바였다.

"알았어, 델리키트 어쩌고는 아무래도 좋다만 그렇게 섬세한 아사바 님이 마음의 준비까지 하면서 나한테 무슨 말을 하고 싶은데? 아아, 그거냐? 돈이라도 빌려줘?"

기껏해야 새 옷이라도 사고 싶어졌을 것이라고 구리타는 짐작했다.

"미리 말하는데 우리 가게 매출…… 예전보다 조금 나아지긴 했어도 고전 중인 건 똑같다. 딴 데 가서 알아봐."

"누가 그런 부탁을 한댔어. 내가 돈이 궁한 것도 아니고."

"응?"

"이래 보여도 아버지 공장 일 도우면서 착실하게 용돈을 벌고 있으니까. 요즘은 그럭저럭 본격적인 일도 맡아 하고 있고."

"아, 그러냐."

아사바 집안이 운영하는 아사바 제작소는 평범한 소규모 공장이지만 금속가공 기술이 정밀하다고 정평이 났다. 한때 위태로웠던 시기가 있었으나 최근 들어 경영 실적이 안정되었다는 소문을 들었다.

그 집안의 장남인 아사바 료는 한마디로 말해 사장 아들이다.

노는 데 정신이 팔려 한때 아버지의 골머리를 썩였던 그도 지금은 용돈을 버는 명목으로 가업과 자신의 장래를 제법 진지하게 생각하고 있나 보다.

"그럼 대체 무슨 용건이야?"

구리타가 재촉하자, 아사바는 약간 망설이는 표정으로 몇 초쯤 입을 다물더니 그답지 않게 차분히 말했다.

"나 말이다……. 예의 그거, 조사했어. 아오이 씨의."

구리타는 무심코 숨을 멈췄다.

"성씨가 희귀하니까 처음에는 그냥 가벼운 기분으로…….
그런데 조사하다가 뜻밖의 사실을 알았어."

"너……."

정체 모를 감정의 파도가 가슴에 일렁거려 구리타는 공연히 주먹을 꽉 움켜쥐었다.

아오이의 성은 호조라는 조금 독특한 성씨였다.

구리타와 아사바는 지난달, 아사바의 여동생 가에데가 대학에 불합격한 충격으로 섭식 장애를 앓은 사건을 계기로 아오이의 성씨를 알게 되었다.

음식물을 넘기지 못하는 가에데를 위해서 예전부터 좋아한 사쿠라모찌*를 만들어주려고 했는데, 만족할 만한 벚나무 잎

---

* 밀가루 반죽에 팥소를 넣고 소금에 절인 벚나무 잎으로 싼 화과자.

을 도저히 손에 넣을 수 없었다. 결국, 보다 못한 아오이가 친분이 있는 업체를 소개해주었다.

이즈 반도에 있는 벚나무 잎 절임 공장.

그곳에서 손에 넣은 잎을 사용해 가에데가 기뻐할 만한 사쿠라모찌 만들기에 성공, 그 덕분에 구리타는 무사히 사건을 해결할 수 있었다.

그런데 아오이는 그 공장에 얼굴을 내밀기 싫었던 것 같다.

공장 직원들이 그녀를 호조 아가씨라고 부르며 깍듯하게 대우하는 바람에 성씨가 밝혀졌는데, 아오이는 깊게 파고들지 말아달라는 분위기를 강하게 풍겼고 직원들을 대하며 웃는 얼굴도 미묘하게 어두웠다.

아오이가 화과자 업계의 관계자임은 분명했고 어떤 이유로 자세한 내막을 들키기 싫어한다는 것도 안다.

그랬기에 구리타는 일부러 캐묻지 않고 지금까지와 똑같이 아오이를 대했다.

누구에게나 말하고 싶지 않은 사정이 있는 법이고 마음의 준비를 하려면 시간이 걸리는 일도 있을 것이다. 아오이가 직접 말할 때까지 느긋하게 기다릴 생각이었는데…….

"……설마 네가 조사했을 줄이야."

혀를 마구 차고 싶었다. 구리타의 그런 마음도 모르고 아사바는 말했다.

"인터넷에 성씨를 검색해주는 서비스가 있거든. 전국 총 세대수나 어느 현의 어느 지역에 얼마나 분포하는지 등을 알 수 있어."

"……호조는 어땠어?"

"아주 드문 성씨여서 손에 꼽을 정도밖에 없더라. 도쿄에는 아카사카에 딱 한 세대가 있었어."

"한 세대?"

"그래. '아카사카 호오당'이라면 너도 알지? 광고로도 유명하잖아. 일본 최대 규모의 화과자 업체. 거기 당주의 성이 호조였어."

충격으로 시야가 흐릿해졌다.

아사바는 모양 좋은 눈을 가늘게 뜨고 설명했다.

"아오이 씨는 호조 가문의 외동딸. 그러니까 그 사람은 아카사카 호오당의 사장 영애라는 소리지."

전혀 예상하지 못했던 사실에 머릿속이 새하얘져서 사고력이 움직여주지 않았다. 잔뜩 쉰 목소리가 구리타의 입에서 흘러나왔다.

"……진짜냐."

"진짜야."

……어디서 들어본 성씨라고 생각하긴 했으나 설마 호오당의 관계자였을 줄이야.

문득 구리타의 뇌리에 아오이와 처음 만났을 때가 떠올랐다.

단골 카페 마스터는 아오이를 '화과자의 아가씨'라는 별명으로 소개했다. 그 말이 농담이나 헛소리가 아니라 완벽하게 사실이었나 보다.

"본점 직원한테도 물어봤으니까 확실해. 나는 잘생겼으니까 여성 직원들의 입이 쉽게 가벼워지거든. 뭐, 당사자인 아오이 씨가 왜 비밀로 했는지 그 이유까지는 모르겠지만."

"……나 참, 가게까지 찾아갔냐."

스스로 생각해도 이상할 정도로 짜증이 솟구쳤다. 벌레라도 씹은 얼굴로 구리타는 한 걸음 아사바에게 다가갔다.

"아사바, 너 무슨 꿍꿍이야."

"뭐가?"

"너답지 않게 남의 뒤나 캐고 다니고. 본인이 말하기 싫다면 그냥 그렇게 내버려두면 되잖아. 자칭 델리키트한 남자가 할 짓이냐?"

"그건 그래……."

예상과 달리 아사바는 눈을 감더니 차분히 숨을 내쉬었다.

"그런데…… 충동을 막지 못하겠더라. 이성적인 행동이 아니었어."

"뭐?"

"나도 아예 상관없는 사람이라면 궁금하지도 않아. 마음에 드는 사람이니까 흥미가 생기는 거고 더 많이 알고 싶어. 설령 본인이 비밀로 하고 싶고 간섭을 받기 싫은 것일지라도."

그 순간, 구리타의 심장이 한층 더 강하게 뛰었다.

"아사바, 설마 너……."

"실은 말이야……. 스위치가 켜진 것 같아, 내 안에서. 그날, 가에데를 위해 이즈까지 안내해준 아오이 씨가 머릿속에서 떠나지 않아. 나도 모르게 항상 아오이 씨만 생각하고 있어."

구리타는 절규했다.

그런 이유로 한 뒷조사라면 비난할 수 없겠지만…… 그렇다고 해서 동의나 응원을 해주고 싶지도 않았다. 상대가 아오이니까.

구리타는 진심으로 당황했다.

이럴 때는 뭘 어떻게 해야 할까. 혼란스러워서 감정을 원활하게 처리할 수 없었다.

싸늘한 침묵이 가득 차올랐다. 건조한 바람이 밤의 스미다 공원에 불어 들었다.

절박감에 숨이 막혀 구리타의 뺨에는 땀이 맺혔으나, 마주 보고 선 아사바는 놀라울 정도로 진지한 표정이었다.

"구리타, 넌 어떻게 생각해?"

"뭐를."

"그럴 마음 있어? 없어? 일단 확인하고 싶다, 빌어먹을 인연 이라도 친구니까."

"나는……."

그러나 더는 말을 잇지 못했다. 마음의 준비가 아직 덜 됐다. 지금 이 자리에서 즉답할 만큼 간단한 문제가 아니어서 구리 타는 무의식적으로 아랫입술을 지그시 깨물었다.

"뭐, 자기 감정을 깨닫지 못하는 동안에는 편하겠지. 그렇지 만 슬슬 진지하게 생각해보는 게 어때? 나는 진심이니까."

"……읏."

"하고 싶은 말은 이거였어. 그럼, 빌어먹을 구리타."

아사바는 몸을 돌려 경박하게 한 손을 흔들더니 공원 출구 쪽으로 걷기 시작했다.

"기다려, 어이!"

"안 기다려. 어차피 지금 당장 대답하지 못하잖아? 아무쪼록 네 감정을 열심히 생각해보라고."

아사바는 뒤도 돌아보지 않고 옅은 어둠 너머로 사라졌다.

*

집으로 돌아온 구리타는 거실 천장을 바라보며 방금 있었던 일을 떠올렸다.

혼란이 극에 달한 지금 상황에서 경솔한 판단은 할 수 없다.

우선 객관적인 사실만 짚어보면 아오이가 아카사카 호오당의 영애라는 것은 확실했다. 일반인 수준을 넘어선 화과자 지식도 그렇다면 수긍이 갔다.

호오당은 전국에 다수 지점이 있고 파리와 뉴욕에도 판매거점을 둔 곳으로, 설명하지 않아도 누구나 아는 업계 최대 업체 중 하나이다. 지명도는 물론이고 판매하는 상품 역시 최고급이어서 화과자를 잘 모르는 사람이라도 호오당이라는 이름을 알고 있다.

호오당 그룹 전체의 매출액이 아마 연간 2백억 엔에 육박한다고 들었다.

그 초대형 화과자 업체의 영애가 왜 자기 회사가 아니라 구리마루당의 상담을 들어줄까? 그리고 자신은 그런 아오이를 어떻게 생각하는가?

지금까지 수도 없이 아오이의 힘을 빌렸던 만큼 고마움 이상의 감정도 당연히 있다. 솔직히 말해서 아오이는 매력적이다. 그 영민함, 투명감 넘치는 미소, 다정한 성격……

　　그러나 신비로운 부분도 많아서 솔직히 마음에 걸렸다.

　　구리타는 문득 아오이의 오른쪽 손목에 난 길쭉한 상처를 떠올렸다.

　　그 상처는 뭐였을까……?

　　밤이 깊어졌지만 잠이 한숨도 오지 않았다. 생각과 감정에 빠져 고민하다 보니, 어느새 창밖이 밝아오기 시작했다.

*

　　당연하게도 다음 날 수면 부족에 시달려서 구리타는 평소보다 훨씬 더 험악한 표정으로 일했다.

　　그래도 정오쯤 단골 카페의 마스터가 전화를 건 덕분에 미간의 주름이 풀어졌다.

　　"여어, 구리타. 이제 곧 점심 먹을 시간이지? 지금 아오이 양이 카페에 와 있어. 달콤한 케이크와 쌉쌀한 커피의 스페셜 세트라도 어때?"

　　"……점심으로 케이크를 먹으라고?"

　　"양이 부족하면 두 개든 세 개든 먹으면 되잖아. 너무 많으면 아오이 양이랑 반씩 나눠 먹고."

엄격한 집안에서 자란 탓인지 아오이는 일반 휴대전화도 스마트폰도 없어서 마스터를 전언 역할로 두고 항상 카페에서 만나고 있다.

"케이크, 케이크. 구리타, 달콤한 건 몸에 좋다고."

"어디서 귀여운 척이야! 그래도…… 가끔은 괜찮겠지. 지금 갈게."

내키지 않는다는 듯이 대꾸하고 전화를 끊은 구리타는 재빨리 애용하는 군복 재킷을 걸친 뒤, 나카노조와 시호에게 가게를 맡기고 구리마루당을 나섰다.

오렌지 거리에 있는 카페에 들어가자 탄탄한 몸에 V자 형태의 카페 앞치마를 걸친 마스터가 손을 흔들었다.

경솔한 농담을 전부 흘려듣고 가게 안으로 향하니, 아오이는 벽 근처의 자리에 앉아 맛있게 커피를 마시고 있었다.

"안녕, 아오이 씨."

구리타가 한 손을 들어 인사하자 아오이는 유려한 달걀형의 얼굴을 들었다.

"안녕하세요, 구리타 씨. 지금 일은 안 바쁘세요?"

"마침 잠깐 쉬려던 참이었어. 중요한 화과자는 오전 중에 만들어뒀으니까 조금 쉬어도 괜찮아."

"그렇다면 다행이네요."

아오이는 기뻐하며 뽀얀 웃음을 머금었다.

그 구김살 없는 미소를 보자마자 어젯밤부터 구리타의 가슴 속에서 소용돌이치던 문제가 순식간에 어디론가 날아갔다.

지금은 아오이와 함께하는 이 시간을 누리는 데 전념하고 싶다.

아오이는 윤기 흐르는 머리카락과 투명감 가득하고 생생한 외모와 느긋하게 늘어지는 말꼬리가 특징인 미인이다.

작년 11월, 마스터의 소개로 만난 이래 어느덧 5개월이 지났다.

과자의 문제점을 지적해주거나 신상품 개발에 협력을 해주는 등 여러모로 도움을 받을 일이 많은데, 구리타는 그 보답으로 종종 아오이에게 관광 안내를 해주었다.

아오이는 아사쿠사를 마음에 쏙 들어 했다.

이곳 토박이인 구리타는 솔직히 기뻤다.

오늘 아오이의 옷차림은 중간 길이의 스커트와 깃이 달린 우아한 니트. 봄처럼 화사한 매력이 풍겨서 방심했다가는 넋을 잃고 바라볼 것 같았다.

그럴 때면 괜히 무뚝뚝한 표정을 짓는 것이 구리타의 오랜 버릇이었다.

헛기침을 하며 자리에 앉은 구리타는 점원에게 커피를 주문했다. 금방 나온 커피를 조금씩 홀짝이며 마음을 다잡고 입을 열었다.

"그런데 오늘은 무슨 일이야?"

"그게요. 갑자기 죄송하지만 가보고 싶은 곳이 있어서요."

"아, 관광이구나. 어딘데? 지금 마침 시간이 비니까 가까우면 같이 가줄게."

"다행이다."

아오이는 기뻐하며 가슴 앞에 양손을 꼭 모았다.

"사실 구리타 씨한테 꼭 부탁하고 싶었어요. 혼자 가기에는 좀 무서워서."

무서워? 귀여운 소리를 한다고 생각하며 구리타는 괜히 얼굴을 비볐다.

"아사쿠사는 어디든 내 구역이니까 걱정하지 마. 어디에 가고 싶은데?"

"네, 그게 말이죠. 라스베이거스를 방불케 하는 무지무지 화려한 건물이 있다는 소문을 들었어요. 이렇게 일본 정서가 가득한 거리에 라스베이거스라지 뭐예요? 너무 궁금해서요, 오늘은 충동에 못 이겨 이렇게 약속도 하지 않고 와버렸어요."

"아 참, 약속은 언제나 안 했지만요" 하고 덧붙이는 아오이를 바라보며 구리타는 멍해졌다. 예상의 범주를 초월하는 발언이었다.

"라스베이거스라……. 미안한데 딱히 생각이 안 나서. 뭐라고 하는 건물이야?"

"돈키호테."

"뭐?"


그로부터 10분 후, 구리타와 아오이는 아사쿠사와 인연이 있는 예능인의 간판이 도로 양쪽에 드문드문 이어지는 롯쿠 거리를 빠져나와 목적한 건물을 올려다보았다.

"와아, 진짜로 라스베이거스 같아요. 이게 소문의 돈키호테! 대낮부터 간판에 글자가 반짝이네요!"

"아, 아아……. 저 전구 장식, 밤에는 더 화려해."

"크리스마스 같기도 하고 로맨틱해서 좋아요. 그건 그렇고 아사쿠사 연예홀 바로 옆이었네요. 아사쿠사는 거리 전체가 항상 축제 분위기이다 보니 바보같이 깨닫지 못했어요."

"응……. 뭐, 처음 온 사람이라면 당연히 연예홀에 시선이 갈 테니까."

구리타와 아오이의 눈앞에 우뚝 선 거대한 건물은 전국에 점포를 운영하는 유명한 종합 할인 스토어. 아사쿠사 지점은 건물 장식이 호화로워서 이렇게 보니 라스베이거스 느낌이 나기도 했다.

그러나 역시 아오이는 뼛속까지 양갓집 규수인 모양이다. 설마 돈키호테를 모를 줄이야. 이 밖에도 우리 생활에 밀착해 있지만 아오이는 잘 모르는 대상이 더 있을 것 같았다.

다음에 다른 가게도 시험해봐야겠다고 생각하면서 구리타는 아오이와 함께 건물로 다가갔다.

출입구에 장식된 열대어 수조. 아오이는 흰동가리와 말미잘이 마음에 들었는지 수조를 한참 구경했다. 그것을 지나 둘은 가게 안을 둘러보았다.

"하하, 안은 이런 느낌이군요. 카지노의 흔적은 없네요."

"그야 라스베이거스가 아니니까. 카지노 같으면 진짜 라스베이거스가 되잖아. 여기는 다양한 물건을 저렴하게 파는 가게야. 봐, 저기 초저가의 전당이라고 적혀 있지?"

"진짜다. 웃음의 전당 옆에 초저가의 전당이 있다니 왠지 재미있어요."

"그, 그런가?"

힐끔 시선을 주니, 나란히 걷는 아오이가 눈부시게 웃고 있어서 의구심 따위는 아무래도 좋았다.

"……뭐, 재미있네."

둘은 한동안 가게를 둘러보며 두서없이 잡담을 나누었다.

구리타도 평소 잘 안 오는 곳이어서 다양한 상품에 내심 감탄했다. 아오이는 흥미롭게 상품들을 구경하다가 고개를 갸웃거렸다.

"그런데요. 이 가게, 왜 돈키호테라는 이름일까요?"

"응?"

"문호 세르반테스의 소설과 무슨 관계가 있을까요?"

"……모르겠어, 사실 생각해본 적도 없어. 아무 관계도 없을 것 같은데. 원래 회사 이름의 유래는 예상에서 벗어난 것들이 많으니까."

구리타는 스마트폰을 꺼내 인터넷에 접속했다.

그런데 공식 사이트에 아오이의 발언 그대로가 적혀 있어서 놀랐다.

회사 이름의 유래는 세르반테스의 소설이었다. 기존의 상식과 권위에 굴하지 않는 돈키호테처럼 새로운 유통 업태를 창조하는 것이 목적이라고 한다.

"와아, 많은 참고가 되었어요. 구리타 씨 덕분에 사교 생활에 도움이 될 지식이 또 늘었어요."

"나도 나카노조한테 가르쳐줘야겠는데. 그런데 아오이 씨, 슬슬……."

마음이 내키진 않았지만 구리타는 말을 꺼냈다. 검색하다가 점심 휴식 시간이 곧 끝날 시간인 것을 알았다.

구리마루당은 작업장에 화과자 장인이 반드시 한 명은 대기하는 방침이어서 구리타가 외출하면 나카노조가 쉬지 못한다.

그래도 짧은 시간이나마 같이 보낼 수 있어서 좋았다. 구리타는 아오이와 함께 보내는 시간을 더없이 소중하게 여기는 자신을 새삼스럽게 발견했다.

"아, 죄송해요. 너무 오래 붙잡았죠."

아오이도 눈치 빠르게 알아차렸다. 둘은 출입구로 향했다.

"오늘 고마웠어요, 구리타 씨. 덕분에 또 한 가지, 이 거리를 잘 알게 되었어요."

"음…… . 뭐, 돈키호테는 아사쿠사가 아니라도 있지만."

"오후에도 일 열심히 하세요."

일을 방해하기 싫은지 아오이는 얼른 인사하고 가려고 했다. 그녀의 티 나지 않는 배려는 물론 기쁘지만…… .

"아오이 씨!"

"네?"

자기도 모르게 충동적으로 아오이를 불러 세웠다.

찰랑거리는 까만 머리를 우아하게 흩날리며 아오이가 뒤를 돌아보았다.

이렇다 할 목적도 없이 그저 충동에 따라 붙잡았을 뿐이어서 구리타는 할 말이 없었다.

내리쬐는 오후의 햇살이 눈부셨다. 살짝 고개를 기울이는 아오이의 다정한 얼굴은 원래 하얀 피부이다 보니 강렬한 햇빛을 받아 흐릿하게 녹아내릴 것 같았다.

아오이의 미소가 갑자기 덧없어 보여 구리타는 무의식적으로 고개를 흔들었다.

"아니…….아무것도 아니야."

"정말요?"

"아아."

의아하다는 듯이 두 눈을 깜박이는 아오이를 바라보며 구리타는 아직 이르다고 판단했다.

생각해야 할 것도 많고 순간적인 충동으로 괜한 소리를 하기는 싫었다. 조금 더 시간이 필요했다.

"그럼 구리타 씨, 또 그 카페에서 만나요!"

아오이는 몇 번이나 뒤를 돌아보고 활발하게 손을 흔들면서 바람처럼 역으로 사라졌다.

*

"야호, 오랜만이야 구리! 잘 지냈어?"

"그럭저럭. 그쪽이야말로 잘 지냈나 보다."

구리마루당에 돌아오자, 찻집 탁자에 앉아 크림 안미쓰를 먹으며 기다리던 야가미 유카가 밝은 목소리로 말을 걸었다.

산뜻한 반소매 블라우스와 밑단이 리본처럼 묶인 짧은 바지 차림. 중간 길이의 머리카락이 바람에 나부끼는 것처럼 부드럽게 말렸다.

활발한 용모만큼 실제 성격도 활발한 유카는 구리타와 같은 초등학교와 중학교에 다닌 소꿉친구이다. 지금은 맛집 관련 잡지에서 글을 쓰고 있다.

취재 경비로 맛있는 음식을 마음껏 먹을 수 있으니까 엄청나게 이득이라고 공언하고 다니는 서글서글한 성격으로, 변두리 동네 출신답게 정이 두터워서 동네 사람들의 사랑을 한 몸에 받는다.

"그래서 뭐야? 오늘도 회사 돈으로 먹으러 왔어?"

구리타가 묻자 유카가 "우우" 하고 투덜거렸다.

"여기에선 늘 내 돈을 내고 먹는다고."

"오오, 대단한데."

"그렇지? 이렇게 훌륭한 나한테 구리가 포상을 줘야 한다니까. 내 부탁 좀 들어주지 않을래?"

"또 강제로 몰아가기냐……. 일단 기다려."

구리타는 하얀 가운을 입고 작업장으로 들어가 나카노조와 일을 교대하고 필요한 작업이 있는지 살폈다.

당장 해야 할 작업이 특별히 없는 것을 확인하고 돌아오자, 손님이 없는 찻집에서 유카가 차를 마시며 탁자에 올려놓은 프린트 용지를 보고 있었다.

"그게 뭐야?"

"이건 내가 만든 취재용 자료!"

들여다보니 종이에 가게 이름과 지도가 나열되어 있었다. 제일 위에 두꺼운 서체로 '안미쓰 맛집 탐방 계획'이라는 제목이 쓰여 있었다.

"안미쓰 기사라도 쓰나 봐?"

"정답이야! 그래서 내 부탁도 이거랑 관련이 있는데."

유카가 갑자기 몸을 불쑥 들이밀어서 구리타는 슬쩍 몸을 뒤로 뺐다.

"이번에 우리 잡지에서 '초여름에 먹고 싶은 차가운 스위트 특집'을 하는데, 내가 화과자 담당이야. 차가운 화과자라면 역시 여름의 풍물시인 안미쓰잖아?"

"그거 말고도 물양갱이랑 갈분만주도 있다만. 아무래도 안미쓰가 제일 대중적이지."

"응. 구리마루당의 안미쓰는 자주 먹어서 워낙 익숙한 데다가 진짜 맛있어. 그래도 모처럼 좋은 기회니까 이번에는 근본적인 것부터 조사해보려고."

"근본적······?"

유카는 손가락으로 권총 비슷한 형태를 만들어 턱 끝에 갖다 댔다.

"사실 나, 예전부터 궁금했어. 안미쓰랑 이름이 비슷한 화과자는 많잖아? 크림 안미쓰나 시라타마 안미쓰나 미쓰마메나. 그런 화과자가 각각 어떻게 다른지······."

"크림 안미쓰는 아이스크림을 넣은 안미쓰이고 시라타마 안미쓰는 찹쌀가루로 만든 시라타마 경단을 넣은 안미쓰이고······."

"와악! 구리, 여기서 말하면 안 돼!"

유카가 양팔을 파닥이며 구리의 말을 막았다.

"왜?"

"아이참! 여기서 간단히 알아버리면 취재하는 의미가 없잖아? 여기저기 가게를 돌아다니면서 가게 주인이랑 인터뷰를 통해 수수께끼를 풀어나갈 예정이니까."

"아아, 그런 계획이 있구나."

"그런 이유니까 구리, 다음 휴일에 나랑 같이 취재하러 가주지 않을래?"

뭐가 그런 이유인지 의미를 모르겠는데 유카는 자신만만하게 자기 가슴을 툭툭 쳤다.

"구리의 경비까지 제대로 받아낼 테니까. 유명한 가게의 안미쓰를 마음껏 먹을 수 있다고! 당연히 같이 가줄 거지?"

"아니, 나는……."

"가주는 거지……?"

간절한 시선을 받으니 구리타로서는 거절하기 쉽지 않았다.

어려서부터 잘 알고 지냈다. 유카와 외출했다가는 틀림없이 휘둘릴 것을 알고 있지만…….

"뭐 어떠니. 같이 다녀와."

뒤에서 시호가 말을 걸었다.

"유카는 바쁠 때도 가게에 자주 와주는 손님이니까 가끔 같이 나간다고 뭐 벌이라도 받겠니."

"그렇고말고!"

"소꿉친구의 부탁은 들어주는 법이야."

"응응! 그럼, 구리. 다음 휴일은 비워두는 거다!"

반론할 여유도 없이 유카와 시호, 둘의 합동 기술에 의도치 않게 말려들고 말았다.


같이 취재하러 갈 약속을 잡은 이후 유카는 기분이 들떠 보였는데, 돌아가려고 계산대에서 계산하다가 문득 생각났다는 말투로 물었다.

"그런데 구리, 요즘 싸운 적 있어?"

"싸워? 갑자기 무슨 소리야."

구리타는 어리둥절해서 고개를 저었다.

"딱히 없다만, 그런 걸 왜 묻는데?"

"으응, 마음에 좀 걸리는 일이 있어서. 있잖아, 오늘 여기 왔을 때, 너덜너덜 지저분한 옷을 입은 이상한 사람이 가게 밖을 돌아다니더라고."

"이상한 사람이라고……? 뭐가 어떻게 이상한데."

"으음, 딱 설명하기 어려운데 태도가 묘하게 살금살금댄다고 할까. 옷은 되게 지저분했는데 나이는 어려 보였어. 아마 우리랑 비슷하거나 조금 아래? 그래서 싸움에 진 녀석이 구리한테 복수하기 위해서 변장하고 가게 분위기를 살피러 온 줄 알았지."

"아니, 아니야. 그런 녀석하고 싸운 기억은 전혀 없는데……."

말을 마치기 전에 구리타는 입을 다물었다. 마음에 걸리는 것이 하나 있었다.

"……그 녀석, 아사바 아니었어?"

"어, 아사바?"

유카는 놀라서 눈을 휘둥그렇게 뜨더니 곧 쓴웃음을 지으며 손바닥을 팔랑팔랑 흔들었다.

"에이, 아니야. 절대 아니야."

"그래?"

"응. 아사바는 키가 크잖아. 그 사람은 작았어. 내가 큰 소리를 냈더니 냉큼 도망쳤으니까 겁쟁이였고. 어차피 구리의 상대는 못 되겠더라."

그렇지만 아무래도 마음에 걸렸다. 앞으로 조심해야겠다고 생각하며 구리타가 날카롭게 눈을 빛내자, 유카가 못 말리겠다는 듯이 웃으며 물었다.

"또 싸웠어? 아사바랑."

"……딱히."

"아무튼, 적당히 해."

유카는 솜씨 좋게 한쪽 눈을 찡긋하더니 통통 튀는 발걸음으로 구리마루당을 나갔다.

*

안미쓰를 처음 만든 곳은 메이지 시대 때 창업한 긴자에 있는 노포이다.

당시 팥죽 가게였던 그곳의 2대 주인이 자랑거리인 팥소를 좀 더 활용해보려고 연구에 연구를 거듭해 1930년에 고안했다고 알려졌다.

구리마루당의 휴일인 목요일. 구리타와 유카는 안미쓰 발상지인 그 오래된 과자점에 있었다.

유명한 빌딩 지하에 있는 전통적인 분위기의 가게였다. 구리타와 유카는 독특한 분위기에 취해 예전과 똑같은 제과법으로 만들었다는 원조 안미쓰를 먹었다.

주사위 모양으로 자른 반투명한 한천*과 자연스러운 까만색이 돋보이는 적완두콩을 숟가락 가득 퍼서 입에 물더니 유카는 행복에 겨워 생글생글 웃었다.

"으응…… 와아!"

웃음이 펑 터졌다. 한천 위에 올라간 체리와 색이 비슷한 유카의 입술이 만족스럽게 벌어졌다.

"너 정말 맛있게 먹는다."

"그야 당연히 맛있으니까. 달고 상큼하고 짭조름하고 달아서 최고야!"

"달다고 두 번 말했다만……. 그래도 뭐, 이건 정말 맛있다."

* 우무를 얼려서 말린 것.

구리타도 숟가락으로 안미쓰를 떠서 입에 넣었다.

굳기가 적당한 완두콩과 달고 쫄깃한 규히**. 오돌오돌 씹는 맛이 나는 네모난 한천과 찐득하며 농후한 팥소의 부드러움.

각 재료의 식감이 다른 재료를 돋보이게 해주어 맛의 균형이 훌륭했다. 흑설탕 풍미가 풍부한 흑밀(黑蜜)의 단맛이 귤과 파인애플의 신맛과 신기할 정도로 잘 어울렸고, 으깬 팥소의 단맛은 자연스럽고 소박하면서 중심이 잘 잡혔다. 그 위에 잔뜩 올린 완두콩의 적절한 짠맛은 절묘하게 강조되었다.

짠맛과 단맛은 차갑게 먹는 과자에서만 상성이 좋은 것이 아니라 원래 잘 어울린다. 여기에 과일의 신맛이 더해지면 맛이 더욱 풍부해진다. 그 모든 것이 우아하게 조화를 이루어 은근하게 여운을 남기는 단맛. 화려하진 않아도 언제까지나 먹고 싶은 정교한 맛이었다.

"그런데 구리, 뜬금없는 질문인데."

"음, 뭔데?"

"'안미쓰 공주'라고 알아?"

"진짜 뜬금없네⋯⋯. 알긴 해. 옛날 애니메이션이잖아?"

본 적은 없지만 돌아가신 어머니에게 들어서 대강은 안다.

---

** 찹쌀가루에 설탕이나 물엿 등을 넣고 반죽하여 얇은 떡처럼 만드는 화과자.

주인공이 어딘가 성의 공주님이고 이름이 안미쓰라는 정도만 기억하지만.

"그거 아마 에도 시대* 때 이야기지? 센고쿠 시대**는 아닌 것 같아."

유카의 질문에 구리타는 머리를 긁적이며 신음했다.

"으음……. 나, 제목은 아는데 실제로 본 적은 없어서."

"아, 그래? 하긴, 나도 위성방송으로 딱 한 번 봤을 뿐이야."

"뭐야."

"그래도 에도 시대라면 이상하지 않아? 그때는 안미쓰가 없었으니까. 미쓰마메에 팥소를 넣은 게 안미쓰잖아. 이 가게에서 1930년에 고안한 거니까."

"아, 그러고 보니 그러네."

시대 고증을 그다지 철저하게 한 작품은 아니리라 생각하면서 구리타는 설명했다.

"그렇지만 안미쓰는 없었어도 미쓰마메는 있었어. 에도 시대 말기에 이미 그 원형을 노점에서 팔았다고 하니까. 그러니

---

*   에도(오늘날의 도쿄)에 정권 본거지가 있던 1603년부터 1867년까지의 봉건 시대.
**  15세기 후반부터 16세기 후반까지 중앙정부의 권위가 약해 전국에서 군웅이 할거해 다투던 시대.

까 아마 정확하게는 미쓰마메 공주겠지만 안미쓰 공주의 어감이 더 귀여우니까 그렇게 하지 않았을까?"

"호오……! 미쓰마메는 에도 시대부터 있었어?"

"뭐, 에도 시대의 미쓰마메는 이렇게 화려하지 않고 콩과 꿀이 주재료인 간단한 거였대. 지금처럼 우무로 만든 한천이나 과일을 잔뜩 올린 형태는 메이지 시대에 아사쿠사의 화과자점이 어른 취향에 맞는 단맛이라면서 팔기 시작한 것이 기원이라고 해. 그러니까 에도 시대의 미쓰마메는 어떤 의미에서 마메칸보다 간단한 음식이었겠지."

"마메칸?"

의아하게 되묻는 유카를 보며 구리타는 눈썹을 슬쩍 올리며 말했다.

"뭐야, 취재 예정에 없었어? 이런 종류의 기사를 쓰려면 마메칸은 필수지. 콩과 한천에 흑밀만 뿌린 화과자라서 '마메칸텐', 이걸 줄여서 마메칸이라고 하는데…….***"

마메칸도 발상지는 아사쿠사로, 콩과 한천만 들어간 단순한 단맛이 먹고 싶다는 손님의 말에서 단서를 얻었다고 한다.

***　일본어로 콩을 '마메', 한천을 '간텐'이라고 한다. 따라서 '콩 위에 한천'이라는 뜻으로 마메칸텐, 줄여서 마메칸이다.

센소지를 나와 북서쪽으로 조금 가면 붉은 처마가 인상적인 원조 마메칸 가게가 있는데, 이곳은 근처에 사는 단골손님과 관광객으로 항상 복작복작 붐빈다.

"흐응…….. 그럼 순서를 따지면 이렇게 되네? 먼저 에도 시대에 미쓰마메의 원형이 있었다. 지금 같은 형태의 미쓰마메는 메이지 시대에 완성되었고 그것을 바탕으로 사람들이 개발을 거듭해 안미쓰와 마메칸을 만들었다."

"그렇지."

구리타는 고개를 끄덕였다.

"그렇지만 노포 장인들 사이에서는 다른 가설도 있어서 진짜 최초는 우무라고 주장하는 사람도 있어. 우무는 간사이 지방에서 흑밀을 뿌려서 먹는 디저트였는데, 에도 시대 때도 간식으로 인기가 있었대. 그때는 간장이나 설탕을 뿌려서 먹었다고 해. 그걸 흑밀로 바꾸고 우무를 네모난 형태로 바꾼 것이 미쓰마메의 기원이라고…….. 뭐, 이런 건 가게에 개성을 부여하려고 지어낸 이야기인지도 모르지만."

우무는 해조의 일종인 우뭇가사리를 끓이면 나오는 한천질* 을 식혀서 만든다. 그 우무를 얼려 건조한 것이 한천이니까 근

* 젤리 상태로 굳는 성질을 지닌 물질.

본적으로 재료는 같다. 어쩌면 거기에 완두콩을 넣어보자고 생각한 화과자 장인이 있었을지도 모른다.

　진위는 알 수 없지만 역사 속에 묻힌 사실도 많으리라. 쉽게 단정 내리지 말고 폭넓게 정보를 수집해 직접 생각하고 판단하는 것이 중요하다. 구리타가 이렇게 말하자 "역시 구리, 한 수 배웠어!"라며 유카가 흥분해서 고개를 끄덕이더니 한층 더 신이 나서 안미쓰를 먹었다.

　그런데 정신없이 움직이던 유카의 숟가락이 갑자기 우뚝 멈췄다.

　"아앗!"

　"으앗, 뭐야 갑자기?"

　"그런 정보, 가게 주인한테 물어볼 예정이었는데 전부 구리한테 듣고 말았잖아!"

　"……그럼 지금 이야기는 못 들은 걸로 하는 수밖에."

　이후 유카는 가게 주인에게 똑같은 질문을 하고 비슷한 답변을 들었다.

*

　원조 안미쓰 가게에서 취재를 마친 구리타와 유카가 빌딩을 나왔을 때는 정오쯤이었다.

오늘은 몇 군데 가게에 들러 안미쓰를 먹을 예정이었는데, 구리타는 단맛만으로 조금 부족했다.

"어이, 유카. 다음 가게에 가기 전에 점심 먹지 않을래?"

"그럴까……. 하긴 단 음식만 먹긴 좀 그러니까 하얀 쌀밥도 먹고 싶다."

"그럼 쓰키지로 가자. 거기라면 음식점이 많으니까 백반도 있겠지."

"그거 좋다! 나, 생선 먹고 싶어!"

"그럼 걸어갈까. 15분 정도면 가니까."

5월의 태양 아래, 구리타와 유카는 하루미 거리로 나와 가부키좌 방면으로 걸었다.

작은 카메라 가방을 어깨에 멘 유카의 발걸음은 평소보다 훨씬 가벼웠다. 봄철의 가벼운 복장도 어우러져서 즐거워 보였다.

이대로 직진하면 목적지에 금방 도착하지만, 유카가 위장을 좀 비우고 싶다고 주장해서 도중에 쓰키지혼간지 절에 들르기로 했다.

쓰키지혼간지는 원래 아사쿠사에 있던 절인 니시혼간지의 별원이다. 에도 시대 때 큰 화재로 절이 불탔는데 구획 정리

때문에 원래 장소에 다시 세워지지 못했다고 전해진다. 그 절을 바다를 메워서 '땅'을 '쌓은' 곳, 즉 쓰키지*에 신도가 재건했고, 지금은 도쿄 도내에서도 대규모 절로 손꼽히며 유명인의 장례식을 자주 집행하고 있다.

"외관은…… 절이 아니라 꼭 인도 궁전 같아."

"음, 무슨 말을 하고 싶은 건지 알겠어."

이국적인 궁전을 떠올리게 하는 디자인의 절에서 차분히 참배하고 다시 문밖으로 나왔을 때, 유카가 문득 걸음을 멈췄다.

"음!"

"왜 그래? 지쳤어?"

유카는 이마에 손을 올리고 자동차가 달리는 차도 너머를 응시했다.

"……감이 딱 왔어. 재미있어 보이는 가게 발견! 구리, 잠깐 들렀다 가도 될까?"

"상관없지만 목적지에서 점점 멀어지는 것 같다."

"괜찮아, 시간은 충분히 있으니까!"

활기 넘치는 유카를 따라 구리타는 육교를 건너 도로 반대쪽으로 갔다.

---

* 쓰키지는 쌓을 축(築)과 땅 지(地)를 쓴다.

길모퉁이를 돌아 좁은 골목으로 들어가서 빌딩 그림자를 따라 직진하자 그 가게가 보였다.

"저거 봐, 안미쓰 가게!"

꽤 오래된 가게였다. 빛바랜 간판을 바라보며 유카가 생긋 웃었다.

"분위기 괜찮지 않아?"

"'안미쓰 나나무라'라······. 너무 조용한데 쉬는 날 아니야?"

"저기 영업 중이라고 간판이 걸려 있어. 마니아들만 아는 곳 같은 느낌이지. 이런 곳이 맛있을지도 몰라. 근거는 없지만 어쨌든 가보자!"

가게 안으로 들어가보니 예상보다 규모가 작고 낡았다.

카운터 자리가 총 열 석. 창가 쪽에 널찍한 탁자를 놓은 가족용 좌식 자리가 총 세 석.

한쪽 구석 높은 위치에 화질이 별로인 텔레비전이 설치되었고 그 주변을 낡고 빛이 바랜 관광 안내용 깃발 여러 개가 장식했다. 선반에는 적갈색 고마이누* 모형이 먼지를 뒤집어쓴 채로 있었다.

손님은 딱 한 명뿐이었다. 반백 머리에 돋보기를 목에 걸고

---

* 절이나 신사 앞에 놓는 사자 모양의 돌 조각상.

있는 온화해 보이는 노인이었다.

카운터 구석에 앉아 턱을 괸 그 인물이 갑자기 이쪽을 돌아보았다.

"……아카네!"

갑자기 뭐지?

우뚝 멈춰 선 구리타와 유카를 보고 노인이 "아뿔싸" 하고 입을 막았다.

"미…… 미안하이!"

당황하며 사과한 반백 노인은 옆에 접어 둔 하얀 가운을 느릿느릿 걸치고 다가왔다.

"손녀가 슬슬 올 시간이어서 나도 모르게……. 놀라게 해서 이거 미안하게 됐소. 설마 손님이 올 줄 몰랐어."

보아하니 그는 손님이 아니라 가게 주인 같았다.

그건 그렇고 장사하는 분위기가 전혀 느껴지지 않아 유카가 멋쩍게 물었다.

"저기, 혹시 준비 중인가요? 바쁘시면 다시 올게요."

"아니야, 전혀 바쁘지 않아요. 오히려 계속 개점휴업인 상태라……. 조만간 이 가게도 정리할 거라서."

"네?"

"열심히 노력은 했는데. 매일 이렇게 텅텅 비니까……."

달관 섞인 목소리로 그렇게 말하니 아무리 말발이 뛰어난 유카라도 당황한 표정을 짓고 맛없는 가게에 들어와버렸다고 말하고 싶은 듯이 묵묵히 턱을 긁적였다.

　"그래도 오늘은 특별한 날이야."

　갑자기 그렇게 말한 주인의 표정이 환해졌다.

　"이제 곧 손녀 아카네가 안미쓰를 먹으러 오거든. 귀여운 아이라오, 정말……. 이것도 다 인연이니까 두 분도 쉬었다 가시게. 오늘은 재료도 좋은 걸로 준비했으니까 메뉴에 있는 거라면 뭐든 만들 수 있어요."

　"그런가요?"

　"아아, 그럼요."

　열없이 웃는 주인을 본 유카는 갑자기 의기양양한 표정을 지으며 구리타를 돌아보았다.

　"느낌 괜찮지! 잘은 모르겠지만 기삿거리가 될 것 같아."

　"그걸 노리는 거냐……."

　"그래도 재미있을 것 같잖아. 이렇게 됐으니까 이곳의 안미쓰도 먹자."

　반백 주인은 가게 이름과 마찬가지로 나나무라라고 했다.

　그가 만든 특제 안미쓰를 구리타와 유카가 마루 위의 좌식 자리에 앉아 먹는 도중, 불시에 출입구가 열렸다.

윤기 흐르는 머리카락이 어깨까지 오는 소녀가 가게 안으로 들어와 어색하게 눈을 내리깔고 말했다.

"……할방."

"아카네, 잘 왔다!"

나나무라가 자랑한 대로 손녀 아카네는 정말 예쁘장하게 생겼다.

나이는 만으로 여덟 살, 초등학교 3학년이라고 한다. 손녀와 할아버지라는 관계를 고려하면 나나무라의 눈에는 당연히 몇 배는 더 귀엽게 보일 것이다.

"자, 이리 오려무나. 오늘은 아카네가 좋아하는 바로 그 안미쓰를 만들 테니까."

아카네는 내키지 않는다는 분위기를 풍기며 구리타와 멀리 떨어진 벽 근처의 좌식 자리에 얌전히 앉았다. 입술을 삐죽이는 그 얼굴에는 할아버지가 불러서 억지로 왔다는 느낌이 가득했다.

곧 나나무라가 싱글벙글 웃으며 지금 막 만든 안미쓰를 아카네의 자리로 가져왔다.

"자, 다 됐다. 그때 이후로 재료를 이것저것 바꿔가면서 시험했으니까 이번에야말로 마음에 들 거야."

"응."

아카네는 짧게 대꾸하고 숟가락을 들어 한천과 완두를 조금 퍼서 입으로 가져갔다.

아카네의 표정은 움찔도 하지 않았다. 말없이 입을 우물거리는 손녀를 기대감에 차서 숨을 죽인 나나무라가 옆에 서서 바라보았다.

"어떠니?"

그러자 아카네는 숟가락을 탁자에 내려놓았다. 행복하게 풀렸던 나나무라의 표정이 굳어졌다.

"……이제 됐어. 맛없어. 할망의 안미쓰는 이렇게 진득하지 않았단 말이야."

비통하게 일그러지는 나나무라의 얼굴을 힐끔 훔쳐본 아카네는 우물쭈물 눈을 내리깔고 중얼거렸다.

"할방은…… 아무것도 몰라. 이제 이런 건 그만해!"

자기 할 말을 마친 아카네는 벌떡 일어나 신발을 신고 나나무라의 옆을 지나 가게를 나가버렸다.

나나무라는 한동안 넋을 잃었는가 싶더니 곧 마루에 털썩 주저앉았다.

"나, 나나무라 할아버지? 괜찮으세요?"

제정신을 차린 유카가 황급히 그의 곁으로 뛰어갔다.

＊

　"이 가게는…… 원래 아내와 둘이서 꾸려왔다오……."

　유카의 질문을 받은 나나무라가 더듬더듬 사정을 설명했다.

　나나무라의 아내는 젊어서부터 안미쓰를 굉장히 좋아했다. 온화한 성격이지만 단맛을 향한 열정은 평범한 수준을 넘어섰고, 특히 안미쓰에 한해서는 남편 나나무라도 감히 왈가왈부하지 못할 정도였다.

　그 열정이 열매를 맺어 시행착오 끝에 완성한 아내의 이상적인 안미쓰는 한 번쯤 먹어볼 가치가 있다는 평판을 얻었다. 오로지 그 안미쓰를 노리고 멀리서 찾아오는 손님도 있었다.

　가게는 오랫동안 안정적으로 번성했다.

　열정 넘치는 아내와 싸울 일이 없었던 것은 업무 역할을 명확하게 분담한 덕분이었다.

　이 가게는 기본적으로 달콤한 간식을 내는 과자점이지만 우동이나 떡국 같은 가벼운 식사 메뉴도 있다.

　아내가 안미쓰를 비롯한 간식을, 나나무라가 식사를 담당하는 방식으로 자기 영역을 지켰기에 다툴 일이 없어 사이도 원만했다.

　"그때는 더없이 행복했다오. 아카네도 매일같이 안미쓰를 먹으러 왔고……."

구리타와 유카는 좌식 자리에 앉아 완전히 의욕을 잃은 나나무라의 말에 귀를 기울였다.

천성적으로 남을 돌보기 좋아하는 유카는 상심한 나나무라를 도저히 내버려둘 수 없는 모양이었다. 전부 말하면 편해질지 모른다고 위로하자 나나무라도 차츰 속사정을 털어놓았다.

"아내가 병으로 세상을 떠나면서 이렇게 되고 말았어……. 모든 것이 다 변했지. 그때는 얼마나 절망했는지 몰라. 가게를 닫을 생각도 몇 번이나 했어."

활짝 편 손바닥을 뚫어지게 내려다보며 나나무라가 말했다.

"그래도 아내가 소중히 여긴 이곳을 어떻게든 지키고 싶어서……. 필사적으로 노력해서 다시 가게를 열었어. 그렇지만 손님들이 안미쓰 맛이 떨어졌다고 하는 거요."

"아아."

유카가 씁쓸한 표정을 짓는 이유를 구리타도 이해했다.

조금 전에 먹은 나나무라의 수제 안미쓰는 가게의 간판 상품으로 내세우기에는 부적합한 완성도였다. 맛이 아예 없진 않으나 무조건 절찬할 수 없는 수준이었다.

당사자인 나나무라도 사실 자신이 없었나 보다.

"안미쓰…… 마음에 들지 않았지요? 면목 없구려. 과자 쪽은 아내에게만 쭉 맡겼으니 그 맛을 도저히 재현할 수 없었어. 그 결과, 손님의 발걸음이 멀어져서 가게는 항상 개점휴업 상태가 되고 말았지. 아카네도 아무리 오라고 해도 싫다고 하고. 무리해서 계속 안미쓰를 먹이다가 사이까지 틀어졌어. 이번에야말로 맛있는 안미쓰를 만들었다고 호언장담해서 오랜만에 오라고 한 건데…… 이렇게 된 거라오."

나나무라는 힘없이 어깨를 늘어뜨렸다.

"사실은 그냥 손녀의 얼굴을 보고 싶었을 뿐이야. 아카네, 예전에는 나를 잘 따라주었는데……."

나나무라가 모든 것을 포기한 것처럼 쓸쓸한 미소를 지어서 가게 안에 견디기 어려운 정적이 내려앉았다.

"저기…… 아카네가 안미쓰를 좋아하나요?"

불편한 침묵을 깨고 구리타가 묻자, 나나무라가 번쩍 고개를 들었다.

"아주 좋아하지."

"그렇군요."

"내가 만든 건 싫어하지만 아내의 특제 안미쓰는 언제나 맛있다고 감탄하면서 먹었어. 옛 생각이 나는구먼……."


아직 나나무라의 아내가 건재했을 무렵.

손님이 없는 휴일, 나나무라와 아내는 느긋하게 가게를 청소하고 있었다. 햇빛이 드는 가게 안에 습관적으로 틀어놓은 텔레비전 소리가 듣는 이 하나 없이 울려 퍼졌다.

그때 갑자기 밖에서 비명 같은 소리가 들려 둘의 눈이 휘둥그레졌다. 손녀의 목소리였다.

출입구 여닫이문이 벌컥 열리더니 아카네가 쏜살같이 안으로 들어왔다.

"할방! 할망!"

"아카네? 갑자기 무슨 일이니?"

"나 단거 먹고 싶어!"

당돌하게 외치고 어깨를 들썩이는 손녀를 앞에 두고 나나무라와 아내는 얼굴을 마주 보았다.

"단거라…… 뭐 만들어줄까? 늘 먹는 안미쓰면 될까?"

"안미쓰 좋아!"

그로부터 5분 후, 좌식 탁자에는 자그마한 손으로 숟가락을 꼭 움켜쥐고 아내의 특제 안미쓰를 야금야금 먹는 아카네가 있었다.

통통한 볼은 발갛게 달아오르고 입가에는 팥을 잔뜩 묻힌 채, 아카네는 보는 사람의 가슴까지 따뜻해질 정도로 정신없이 안미쓰를 먹었다.

이윽고 한 그릇을 깔끔하게 비우고 더 달라고 부탁한 시점을 틈타 나나무라는 아카네에게 물었다.

"그런데 아카네, 오늘 무슨 일이 있었니?"

"으응…….학교 끝나고 친구 생일 파티가 있었어."

"생일 파티?"

"커다란 케이크가 나왔어. 그런데 나는 못 먹으니까."

"아아……."

나나무라는 가슴이 아팠다.

아카네는 알레르기가 있어서 달걀과 우유가 들어간 음식을 먹지 못한다. 그래서 단것은 오로지 화과자만 먹을 수 있고 그중에서 안미쓰를 제일 좋아했다.

생일 파티에서 친구들이 케이크를 먹는 모습을 바라보던 아카네는 과자를 먹고 싶어서 견딜 수 없었다. 그래서 파티가 끝날 때까지 꾹 참았다가 전속력으로 달려 여기로 왔다.

나나무라는 아카네의 머리를 다정하게 쓰다듬었다.

"……마음껏 먹으려무나. 참지 않아도 괜찮아. 할아버지랑 할머니는 우리 아카네가 안미쓰를 먹어주는 게 세상에서 제일 기쁘단다."

"응!"

아카네의 기운찬 대답을 아내가 "그럼, 그렇고말고" 하고 기

쁘게 받았다. 그런 둘의 모습을 보면서 나나무라 역시 환하게
웃음을 지었다.


그날, 모두가 행복했던 순간을 지금도 잊을 수 없다며 나나
무라는 애틋한 눈빛으로 탄식했다.

"아내가 이른바 징검다리 역할을 해줬다는 걸 알아. 아무래
도 무뚝뚝하잖소, 남자는. 그래도 이렇게까지 어색해질 줄은
몰랐어."

"나나무라 할아버지……"

"그렇게 나를 잘 따라주던 아카네인데 이제는 대화도 제대
로 나누지 못하다니…… 슬플 따름이야. 반려자를 잃고 가게
를 잃고, 이제 손녀까지 잃는단 말이오? 그럴싸한 안미쓰 하나
못 만들어서 손녀에게 실망을 안기다니, 무능력한 나 자신이
한심해."

양손으로 얼굴을 푹 감싼 나나무라를 보고 있으려니 구리타
도 안타까웠다.

무슨 말을 건네야 할지 고민하는데, 갑자기 유카가 기운차
게 주먹을 쥐었다.

"……그러면 안 돼요, 나나무라 할아버지!"

"으음?"

갑자기 무슨 소리를 하려는 걸까. 눈이 휘둥그레진 구리타와 나나무라를 향해 유카가 열변을 토했다.

"포기하면 안 된다고요! 솔직히 할아버지의 안미쓰는 미묘했어요……. 이렇게 말씀드려서 죄송해요. 그렇지만 여기 구리도 사실은 화과자 장인이에요. 당연히 안미쓰도 만들 줄 알고 저도 자주 먹는데요, 진짜 솜씨가 좋아요. 구리한테 가르쳐 달라고 하면 반드시 맛있는 안미쓰를 만들 수 있을 거예요!"

"야, 유카! 무슨 헛소리야."

구리타는 미간을 찡그렸다.

유카야 워낙 참견하기 좋아하는 성미이니 가만히 두고 볼 수 없겠지만, 나나무라에게도 가게를 운영하는 주인으로서 자존심이 있을 것이다. 만난 지 얼마 되지도 않은 애송이에게 그런 소리를 들어서 기분이 좋을 리 없다.

그런데 나나무라는 화를 내기는커녕 놀란 눈으로 구리타를 바라보았다.

"그랬나? 자네도 화과자 장인인가?"

"네? 아아, 예……. 아사쿠사에서 구리마루당이라는 가게를 꾸리는 구리타라고 합니다."

"구리타 씨."

"구리타 진입니다."

답답했는지 유카가 또 끼어들었다.

"그러니까 나나무라 할아버지, 얘 앞에서 안미쓰 만드는 과정을 보여주시면 어떨까요? 갑자기 실례되는 소리를 한다는건 저도 아는데요, 역시 손녀랑 화해하고 싶으시잖아요. 그러니까 지푸라기라도 잡는 심정으로 뭐든 해봐야죠!"

움찔 놀라는 나나무라를 보며 유카는 꽉 움켜쥔 주먹을 붕붕 휘둘렀다.

"돌아가신 할머니께서 만드신 것처럼 맛있는 안미쓰를 만들면 아카네도 또 할아버지를 만나러 와줄 거예요. 그렇게 생각하지 않으세요, 나나무라 할아버지?"

"그래…… 맞아."

그 순간, 나나무라의 눈동자에 작은 빛이 어렸다.

"다시 한 번 아카네에게 먹이고 싶어…… 가게를 정리하기전에. 아내의 특제 안미쓰를 먹여서 그 웃음을 마지막으로 딱한 번만 더 보고 싶어."

나나무라는 고개를 들어 손님 없는 가게를 그리움 가득한 눈빛으로 천천히 둘러보았다.

"이 가게는 나와 아내의 전부였어. 여기저기 오랜 추억이 가득 스며들었지. 지금이야 볼품없이 낡아빠졌지만…… 그래도 모든 것을 다 잃은 채로 끝내고 싶진 않아. 아카네가 기뻐하는 표정을 한 번 더 보기 전에는 가게를 정리할 순 없어."

"그럼요, 그럼요. 의욕이 있으면 된다니까요."

유카의 응원을 받은 나나무라는 조금 전과 완전히 다른 진지한 표정으로 구리타를 바라보았다.

"구리타 선생, 내게 안미쓰를 만드는 요령을 가르쳐주지 않겠소? 과자류는 아내에게 전부 맡겨서 아무래도 확신을 못 하겠어. 이렇게 부탁하오!"

나나무라가 고개를 깊이 숙였다. 그 정도로 자존심에 연연할 상황이 아니라는 의미였다.

그런 마음이라면 응답해야겠다고 구리타도 생각했다.

"작업장으로 안내해주세요, 나나무라 씨. 저라도 괜찮다면 얼마든지 돕겠습니다."

"고, 고맙네!"

*

으깬 팥소, 적완두콩, 한천, 흑밀, 규히, 과일 통조림.

작업장의 선반 위에는 안미쓰 재료가 아직 잔뜩 남아 있었다.

주변에 놓인 재료만 보면 일단 조악한 것은 없었다. 맛이 없는 이유는 제과 과정의 문제가 클 것이다.

일단 확인부터 해볼까.

구리타는 나나무라와 유카가 지켜보는 가운데, 평평한 접시에 펼쳐서 식혀둔 팥소를 숟가락으로 떠서 맛을 보았다.

　"으음."

　제법 괜찮았다. 구리마루당의 팥소가 최고라고 자부하지만 팥의 감칠맛과 단맛을 약간 강하게 내고 점성을 높인 나나무라의 팥소도 절대 나쁘지 않았다.

　차례대로 한천과 완두콩, 당밀도 맛을 보았다. 나나무라가 초조한 기색으로 물었다.

　"어떻소, 구리타 선생……?"

　"좋은 재료를 사용하셨네요, 전부. 시행착오를 많이 하셨겠는데요?"

　"아이의 혀는 민감하니까. 저렴한 걸 썼다가 실망을 주긴 싫었어."

　이런 것까지 손녀를 기준으로 삼는구나 싶어 뺨을 긁적이는 구리타를 나나무라가 금방 눈치챘다.

　"하하. 이거 부끄럽구려."

　민망한지 털털하게 웃는 나나무라 옆에서 유카가 불쑥 끼어들었다.

　"재료가 괜찮다면 만드는 과정에 문제가 있다는 소리네! 구리, 뭐가 문제야?"

"글쎄다……. 너무 맛을 좋게 하려는 데만 치우쳤어."

"응?"

유카가 이해가 안 되는지 얼굴을 찡그렸고 나나무라 역시 당황했다.

"그, 그게 무슨 소리요? 맛있게 하려는 게 왜……."

나나무라를 바라보며 구리타는 생각했다.

아마 나나무라는 단맛 자체에 관심이 없을 것이다. 단맛을 유난히 사랑하는 아내를 배려했다고 하지만, 안미쓰를 정말 좋아했다면 분업하지 않고 스스로 만들어보려고 했을 테니까.

반대로 나나무라는 아내를 잃은 이후, 단맛을 전혀 모르는 상태부터 한 걸음씩 허우적거리며 여기까지 왔다는 소리였다. 웬만한 사람은 하지 못할 일이라고 생각하며 구리타는 설명을 이어갔다.

"안미쓰에는 단맛을 내는 요소가 여럿 있는데…… 먼저 풍만감 있는 으깬 팥소의 단맛. 그리고 전체적으로 뿌리는 흑밀의 단맛이 있어요. 또 규히에는 설탕과 물엿이 들어가고 과일 통조림의 시럽도 달죠. 안미쓰의 매력은 다양한 단맛을 한꺼번에 맛보는 것이니까 만드는 사람은 당연히 각각의 단맛을 살리려고 합니다."

"음, 달면 달수록 맛있어지니까."

"……바로 그런 생각이 문제입니다."

나나무라가 순간 깜짝 놀랐는지 입을 오므렸다.

"한마디로 말해 단맛을 지나치게 강조했어요. 구체적으로 설명하면 설탕의 양입니다. 으깬 팥소도 흑밀도 규히도 모두 단맛이 적절한 수준을 넘었어요. 하나하나라면 맛있을 단맛도 한꺼번에 몰리면 질리죠."

구리타는 어리둥절해하는 나나무라를 안타까운 표정으로 바라보았다.

"그리고 나나무라 씨, 한천에도 설탕을 넣으셨죠?"

"응, 조금이지만. 맛이 없는 것보단 낫잖소? 그러니까 녹이고 나서 살짝……."

나나무라는 "이런" 하고 손으로 입을 막았다.

"그래요, 그것도 원인입니다. 단맛만 강조한다고 해서 맛이 반드시 좋아지지 않는다는 것이 화과자의 재미있는 점이죠. 이렇게 전체적으로 단맛이 진하면 과일의 신맛과 완두콩의 짠맛이 조금 더 강해야 해요."

단맛, 짠맛, 신맛의 균형을 조절해야 한다.

맛은 각 요소의 적절한 조합에 큰 영향을 받는다고 구리타가 설명하자, 나나무라는 깨달음을 얻은 표정으로 중얼거렸다.

"……맛있게 하려고 설탕을 대량으로 사용한 게 오히려 잘

못이었구려."

"맞습니다. 한천은 원래 달지 않아도 괜찮아요, 흑밀을 뿌리니까. 아는 화과자 장인한테 들은 이야기인데 안미쓰의 원형인 미쓰마메는 우무…… 그러니까 한천을 맛있게 먹으려고 고안했다는 말도 있습니다."

"그렇지만…… 한천은 아무 맛도 안 나니까 좀 심심하지 않겠나?"

"한천 자체에 맛이 없어도 부드러운 감촉과 오돌오돌한 식감이 다른 맛을 돋보이게 해줍니다. 그런 것도 맛에서 아주 중요한 요소죠. 예를 들어서 음, 쌀밥 같은 겁니다."

한천은 맛 자체가 없기에 감촉과 식감으로 흑밀의 풍미를 강조해준다. 그런 특징을 더욱 맛있게 하려면 한천에 설탕을 넣지 않으면 된다.

그리고 지금 쓰는 농후한 흑밀을 약간 순하게 해서 한천과 더 잘 어울리게 한다. 마지막으로 한천 자체도 지금보다 작게 자르라고 권했다.

나나무라가 쓰는 업무용 한천 커터는 비교적 최신 제품이었다. 그의 아내는 아마 옛날 방식대로 식칼을 사용했을 것이다.

"역시 구리, 똑똑하다. 덕분에 이번에는 좋은 기사를 쓸 수 있겠어."

"그래? 그나저나 네 기사는 평판이 어때?"

"나쁘지 않아. 가끔 인터넷의 글을 그대로 복사해서 쓰긴 하지만."

"그런 짓은 하지 마……. 아무튼 가끔은 도움이 될 정보도 써. 한천은 원래 해조류니까 다이어트에 최고야. 식이섬유가 풍부하게 함유된 식품이라 혈압, 콜레스테롤, 혈당치를 낮춰주거든."

"호오, 그렇구나!"

그건 그렇고, 구리타는 지금 설명한 방침에 따라 안미쓰를 만들기 시작했다.

지금 있는 재료 중에서 팥소와 규히의 품질이 좋으니까 그 맛을 살리는 방향으로 전체의 균형을 조정하면 된다.

구체적으로 한천과 적완두콩과 흑밀을 다시 만들기로 했다.

"나나무라 씨, 이거 사용해도 될까요?"

작업대 위의 볼을 가리키자 나나무라가 고개를 끄덕였다.

"그럼. 손님이 올 때를 위한 예비용이지만 어차피 아무도 안 오니까."

볼 안에는 물에 담가 불린 한천이 있었다. 하얗고 방망이 같은 형태의 이른바 막대 한천이다.

한천 제조법은 가게에 따라 다르다.

원재료인 우뭇가사리는 해산물 직판장에서 살 수 있다. 까다로운 화과자 장인은 우뭇가사리를 녹이고 여과해 우무를 만들고 건조해서 한천을 만들지만, 시간이 오래 걸리니까 가공품을 쓰는 사람도 있다.

대표적인 것이 한천 제조원이 수작업으로 만드는 천연 막대 한천과 실 한천. 혹은 공장에서 만드는 분말 한천이다.

모두 맛과 향이 없어서 비슷비슷한 느낌인데 제과에 사용하기 편리한 것은 분말 한천이다. 나나무라가 막대 한천을 사용하는 이유는 조금이라도 자연에 가까운 것을 손녀에게 먹이려는 마음일 것이다.

구리타는 볼에 담겨 부드럽게 풀린 한천을 찢어 냄비에 넣고 물을 부어 불에 올렸다.

부글부글 끓여 녹이고 주걱으로 정성껏 섞었다.

잠시 후, 거품을 건져내자 곧 독특한 투명감이 배어 나왔다.

물기를 짠 행주로 액체를 거르고 금속 틀에 신중하게 흘려 넣었다.

"솜씨가 정교하군요, 구리타 선생……. 게다가 속도도 빨라."

홀린 듯이 작업을 바라보며 나나무라가 중얼거리자 구리타는 반사적으로 무뚝뚝한 표정을 지으며 코를 문질렀다.

"저, 이래 보여도 경력이 길거든요. 그럼 나나무라 씨, 틀까지 전부 냉장고에 넣고 식혀주세요. 그사이에 다른 걸 준비할 테니까요."

다음은 적완두콩.

나나무라가 미리 물에 담가둔 완두콩을 강불로 한 번 데쳐 우려냈다. 이렇게 하면 완두콩의 맛이 훨씬 돋보인다. 데친 완두콩에 다시 물을 부어 이번에는 약불로 삶았다.

부드러워질 시점을 노려 소금을 적당량 뿌리고 식히자, 짠맛이 은은하게 나고 폭신폭신하니 안미쓰에 가장 잘 어울리는 적완두콩이 완성되었다.

다음에 만들 것은 흑밀.

흑설탕을 주재료로 설탕 소량과 꿀, 물 적당량을 냄비에 잠길락 말락 부어 한소끔 끓였다. 식혀서 용기에 붓고 냉장고에 넣었다.

"아, 나 또 배고프다. 빨리 먹고 싶어!"

"서두르지 마. 금방 되니까."

팔을 파닥이는 유카를 본체만체하고 구리타는 냉장고에서 한천을 꺼냈다.

틀에 담긴 상태로 식어서 예쁘게 굳은 한천을 주사위 모양으로 자르고 적완두콩과 함께 그릇에 재빨리 담았다.

으깬 팥소를 스쿠프로 퍼서 위에 살포시 얹고 규히와 통조림 과일을 곁들였다.

마무리로 흑밀을 전체적으로 걸쭉하게 뿌려서 윤기가 자르르 흐르고 아름다운 안미쓰를 완성했다.

"다 됐어. 자, 먹어봐."

"으아아…… 이거 뭐야!"

작업장에서 마루의 좌식 자리로 이동한 유카는 구리타가 만든 안미쓰를 숟가락 가득 퍼서 입에 넣더니 왼손으로 뺨을 꾹 누르고 행복에 겨워 몸을 떨었다.

"아까 안미쓰랑 전혀 달라……! 구리, 이거 장난 아니야. 진짜 맛있어!"

고양이처럼 눈을 가늘게 뜨고 입을 우물거리며 유카가 감탄하자, 맞은편에 앉은 나나무라도 동의했다.

"정말 그렇군! 이건 수준이 전혀 다르구려……!"

나나무라의 얼굴에 깜짝 놀란 표정이 가득 떠올랐다.

"똑같은 재료로 만들었는데 내 것과 천양지차야. 제과법 하나로 이렇게 달라지다니."

구리타는 가볍게 고개를 끄덕였다.

"안미쓰의 주역은 뭐니 뭐니 해도 한천과 콩과 흑밀이니까요. 으깬 팥소는 처음부터 괜찮았고……."

"마앗있어어! 콩도 따끈따끈하고 부드럽고 한천은 오돌오돌하니 탄력이 가득! 그 위에 걸쭉하게 뿌려진 흑밀도 순한 게…… 진짜 최고야!"

정말 마음에 쏙 들었는지 먹느라 정신이 팔린 유카는 구리타의 말도 흘려듣고 눈앞의 그릇에 시선을 쏟았다.

그렇다, 안미쓰는 외형으로도 식욕을 자극한다.

그릇 바닥에 얼음덩어리처럼 차갑게 반짝이는 대량의 한천.

그 위에 먹어주기를 기다리며 윤기가 흐르는 적완두콩과 풍만감 넘치는 농후한 팥소.

감귤과 복숭아와 버찌 통조림도 달콤한 시럽을 뒤집어써서 색채가 선명했다.

유카와 나나무라는 못 참겠다는 듯이 다양한 재료의 향연에 숟가락을 가져가 연신 입으로 옮겼다.

"이 한천, 정말 씹는 맛이 좋아……. 모퉁이 끝까지 아주 정교하게 잘랐어. 아내와 같은 수준, 아니 그 이상이야. 식칼로도 이렇게 아름답게 자를 수 있다니."

감탄하는 나나무라를 향해 유카가 숟가락을 흔들며 말했다.

"식감만이 아니죠? 팥소의 부드럽고 풍부한 단맛과 흑밀의 산뜻한 단맛. 새콤한 과일 통조림이랑 완두콩의 짭짤한 맛과도 절묘하게 어울려요."

"맛의 균형을 잡는다는 게 이런 거로군……. 재료 본연의 맛을 잘 살렸어. 나는 설탕을 너무 많이 넣어서 그 맛을 망쳤던 게야."

탄식하며 고개를 푹 숙이는 나나무라를 바라보며 구리타는 생각했다.

그 점을 깨달았다면 앞으로는 괜찮을 것이다.

아까 '할망의 안미쓰는 이렇게 진득하지 않았단 말이야'라고 외치며 나가버린 아카네의 불만도 이렇게 해결이다. 화해하는 계기가 된다면 좋겠다.

그런데 나나무라가 갑자기 심각한 표정을 지었다.

"그런데…… 구리타 선생 덕분에 깨달았어. 이건 아내의 안미쓰가 아니야."

"네?"

한쪽 눈썹을 꿈틀거린 구리타에게 나나무라는 생각지 못한 설명을 시작했다.

"재료가 달라요. 이걸 먹어보니 확실히 알겠어. 예전에 먹은 아내의 안미쓰도 이런 느낌이긴 했소. 모든 재료를 돋보이게 해주는 맛과 식감이었는데…… 뭔가가 달라. 아내의 안미쓰는 전체가 조화를 이루면서도 그 이상으로 강렬하고 깊은 단맛이 있었어."

"단맛이라고요……? 그건 어떤 단맛입니까?"

속이 약간 뒤틀린 구리타가 날카로운 눈빛으로 묻자, 나나무라는 느릿느릿 고개를 저었다.

"미안하이, 모르겠어……. 그렇지만 그 단맛이 굉장히 인상적이었네. 말로 표현하긴 어려운데 그야말로 안미쓰 전체의 인상을 좌우할 정도로 충격적인 맛이어서……."

그 맛을 재현하려고 단맛에 공을 들인 안미쓰를 계속 만들었다. 그러나 구리타 덕분에 제일 처음의 재료 선택 단계부터 틀렸다는 사실을 깨달았다. 그러니 한 걸음 나아간 것이 분명하다고 나나무라가 말했다.

그는 먼 곳을 바라보며 알 수 없는 말을 했다.

"역시 그 노트가 없으면 안 되려나……."

*

"오늘은 별일이 다 있었다."

"으음."

유카의 말에 고개를 끄덕인 구리타는 뒤를 획 돌아보았다. 아무도 없었다.

"그냥 안미쓰를 먹으려고 했을 뿐인데 할아버지와 손녀의 화해 대작전이 되었다가 마지막에는 알쏭달쏭한 이야기로 발전했고……. 그거, 무슨 말이었을까?"

내리쬐는 저녁 햇빛을 받아 주황색으로 물든 긴자 거리를 구리타와 유카는 나란히 걸었다.

나나무라의 가게에 오래 머무른 바람에 다른 과자점을 취재하러 갈 시간이 없었다. 오지랖 넓은 유카다운 결과로 끝난 셈이지만, 그렇기에 구리타는 예전부터 그녀를 그냥 내버려둘 수 없었다.

어쨌든 저녁을 먹고 돌아가기로 하고 적당한 가게를 물색하는 중이었다.

지금 유카가 난감한 표정을 짓는 것은 취재 일정이 흐트러졌기 때문이 아니다.

구리타의 안미쓰를 먹은 후에 나나무라가 말한, 기묘한 이야기가 원인이었다.


"노트라니, 그게 뭐죠?"

"음, 실은……. 아내는 이상적인 안미쓰를 만드는 과정을 전부 노트에 적어뒀거든. 그러니까 그 노트를 보면 어떤 재료를 사용했는지 알 수 있을 게야."

나나무라의 발언을 들은 순간 구리타는 온몸에서 힘이 빠져

나갔다.

"그렇다면 처음부터 그걸 보고 만드셔야죠!"

"하하……. 미안하게 됐네. 그런데 불가능해."

"왜요."

"도둑맞았거든."

불길한 단어가 나와 구리타와 유카의 얼굴이 얼어붙었다. 나나무라는 탁자 한 지점을 뚫어지게 바라보며 설명했다.

가게를 다시 열고 얼마 지나지 않아 도둑이 들었다고.

"그때는 아직 아내의 죽음을 받아들이지 못했으니까……. 심장에 구멍이 뻥 뚫린 것 같아서 노트를 떠올릴 여유가 없었네. 노트를 보면 다 해결되겠다고 생각한 시점에는 이미 늦었지. 도둑맞은 뒤였어……."


공교롭게도 오늘과 비슷한 날이었다.

손님 없는 가게 안에는 나나무라와 억지로 부탁해서 온 아카네가 있었다.

나나무라가 시험 삼아 만든 안미쓰는 당연히 아카네의 마음에 들지 않았다. 아카네는 딱 세 번 퍼 먹고 숟가락을 내려놓더니 맛없다고 외치며 가게를 나가버렸다.

반쯤 예상했던 결과였지만 나나무라는 입술을 꽉 깨물고 한

참을 축 처져 있었다.

결국 그날은 일찍 가게를 닫고 단골 술집에 한잔하러 갔다.

횟술이었다.

아내도, 가게도, 손녀도 전부 손아귀에서 빠져나간다. 한심하다고 생각하면서도 얼굴이 익숙한 손님에게 자꾸만 푸념을 늘어놓았다.

단골손님이 이제 그만 마시라고 만류해서 혼자 쓸쓸히 가게를 나왔다. 바람이 쌀쌀했다.

나나무라가 가정집도 겸한 '안미쓰 나나무라'로 돌아온 시간은 밤 9시가 되기 직전이었다.

출입구 자물쇠를 따고 문을 연 순간, 경악스러운 광경을 목격하고 큰 충격을 받았다.

누군가가 가게 안을 엉망진창으로 만들었다.

1층 점포는 물론이고 작업장까지 가리지 않았다. 메뉴판과 방석, 잡지 따위가 바닥 여기저기 널브러졌다.

도둑이 한 짓임을 한눈에 알 수 있었다. 얼마나 훔쳐갔을까?

그런데 살펴보니 계산대의 돈에는 손을 대지 않았고 찬장 안에 넣어둔 생활비도 무사했으며 금고 다이얼 역시 돌아간 흔적이 없었다.

금품이 무사하다는 것을 알고 일단 냉정함을 되찾았으나 그

렁다면 대체 무엇을 노렸을까?

확인하기 위해서 나나무라는 바닥에 흐트러진 물건을 하나하나 주워 정리했다.

이해할 수 없었다.

도둑맞은 물건이 없었다. 처음에는 그렇게 판단했다.

항상 작업장 선반에 꽂아두는 아내의 노트가 사라졌다는 사실을 깨달은 것은 정리를 다 마친 뒤였다.


"도둑맞은 물건이 그 노트 한 권뿐인가요?"

"믿지 못하겠지만 그렇다오, 구리타 선생. 다른 건 전부 그대로였어."

"……이상한 얘기군요."

머리를 대충 헤집는 구리타를 나나무라는 진지하게 바라보았다.

"그렇지? 노트도 그날까진 분명히 있었어. 작업장에서 아카네에게 먹일 안미쓰를 만들 때, 익숙한 노트의 책등을 본 기억이 있으니까."

"그렇다면 누군가가 노트를 훔치려고 가게에 들어와서 그걸 찾으려고 여기저기 뒤적였다?"

"그렇지. 그런데 말이오, 구리타 선생? 도둑맞은 상황이 또

82

신기하잖소. 그날 나는 가게 문을 확실히 잠그고 술을 마시러 갔거든. 집에 돌아와서 자물쇠를 열 때까지 가게 안은 완전히 폐쇄된 상태였어."


'안미쓰 나나무라'는 작고 오래된 가게여서 1층 출입구 외에는 문이 없다.

1층 창문과 2층 창문은 전부 열쇠로 잠가둔 데다가 애초에 사람이 오갈 수 있는 크기가 아니라고 나나무라는 설명했다.

1층 출입구 말고 절대 출입할 수 없다. 이것이 물리적인 대전제였다. 귀가한 나나무라가 문을 열 때까지 잠겨 있었으니 이른바 밀실인 셈이다. 밖에서 침입할 수 없고 안에서 빠져나갈 수 없다.

도둑맞은 물건이 없어서 일단 안심한 나나무라는 그 사실을 깨닫자 당연히 겁을 먹었다. 범인이 아직 가게 안에 숨어 있지 않을까?

가까운 쓰키지 경찰서에 연락해서 지인에게 와달라고 부탁했다.

술기운이 다 가시지 않아 얼굴이 불그스름한 나나무라의 말을 들은 그들은 반신반의하면서도 실내를 꼼꼼히 살펴주었다. 숨어 있는 사람은 없었다.

금품 도난이 아니라서 경찰은 노트 분실을 심각하게 여기지 않았다.

과음하시면 몸에 안 좋습니다. 이런 느낌으로 어깨를 툭툭 치기만 했을 뿐, 정식 조사 없이 지금에 이르렀다.


"……확실히 미심쩍은 얘기네요. 나나무라 씨, 정말로 밀실이었나요?"

구리타는 밀실로 만들 의미가 없다고 생각했다.

가령 살인 사건이라면 밀실에는 피해자를 자살로 몰아가려는 의도가 있을 것이다.

그러나 이 사건은 가게를 엉망으로 뒤져서 노트를 가져갔다는 것 자체가 외부인의 범행을 의미하므로 굳이 밀폐된 공간을 만들 이유가 없다. 왠지 이치에 맞지 않았다.

"밀실이었어. 그건 내가 장담하네."

나나무라가 단언하더니 "저길 좀 봐주게" 하고 카운터 안을 가리켰다.

카운터 안쪽 벽에는 열쇠 걸이가 있었고 열쇠가 두 개 걸려 있었다. 둘 다 열쇠 자체는 어디에서나 보는 흔한 형태인데 열쇠고리가 독특했다.

분실 방지를 위해서인지 열쇠보다 훨씬 커서 눈에 띄었다.

하나는 낡고 차분한 느낌의 까만 가죽 열쇠고리로 나나무라의 것이었다. 다른 하나는 빨간 사자 마스코트 인형이 달린 화려한 열쇠고리로 아내의 것이라고 나나무라가 설명했다.

"이 집의 출입구 열쇠는 저기 걸린 딱 두 개야. 내가 문을 열었을 때, 까만 가죽 열쇠고리가 달린 열쇠는 내가 당연히 들고 있었지. 없으면 못 들어오니까. 그리고 안으로 들어온 순간, 아내의 열쇠가 열쇠 걸이에 잘 걸려 있는 것도 봤어."

"그래요?"

"그렇다니까. 눈에 딱 보였어. 저 빨간 사자, 눈에 띄니까."

하긴 그럴 법했다.

나나무라의 아내가 썼다는 열쇠에 달린 사자 인형은 오래된 화과자점에 어울리지 않게 색이 화사했고 생김새도 묘하게 판타지 느낌이었다.

"저건 예전에 아카네가 선물한 걸세. 용돈으로 샀다면서 줬는데 아내가 어찌나 기뻐하던지……. 그러니까 소중하게, 계속 열쇠에 달아놓았어."

인간의 감각이란 신기하다. 밀폐된 실내가 도둑에게 털린 비현실적인 상황에서도 저 빨간 사자의 태연자약한 모양새만 유독 인상에 또렷하게 남았다고 나나무라는 말했다.

이런 이유로 열쇠 두 개의 소재도 파악되었다. 가게는 분명 밀실이었다.

그렇다면…… 누가 어떤 방법으로 나나무라의 집에 침입해 노트를 훔쳤을까?


"진짜 신기한 일이지……."

옆에서 걷는 유카가 똑같은 말을 벌써 몇 번이나 반복했다.

황혼 무렵의 긴자 거리는 연한 잿빛으로 물들었다. 눈앞에 아카쓰키 공원이 보였다.

결국 납득할 만한 결론을 내리지 못한 채 구리타와 유카는 혹시 수수께끼를 해결하면 연락하겠다고 약속하고 나나무라의 가게를 나왔으나 간단히 해결될 문제가 아닌 것 같았다.

뭐라도 괜찮으니 추론할 단서가 있으면 좋겠다고 생각하며 구리타는 재빨리 뒤를 돌아보았다.

가로수 뒤로 누군가가 숨은 것 같았……으나 멀고 어두워서 잘 보이지 않았다.

……그냥 착각일까?

언제부터인지 모르겠지만 누군가 뒤를 따라오는 낌새가 느껴졌다.

불량배 시절에 갈고닦은 감이 있긴 해도 전성기 때처럼 예민하진 않으니 지나친 짐작인지도 모른다.

유카가 의아해하며 물었다.

"왜 그래, 구리? 아까부터 자꾸 두리번거리네."

"아니…… 아무것도 아니야."

"너 좀 이상하다."

그때, 유카는 전방의 공원 쪽에 시선을 주며 얼굴을 쑥 내밀었다.

"어어? 구리, 저기 저 애……."

유카가 가리키는 쪽으로 시선을 돌리자, 아카쓰키 공원 안의 그네에 앉아 발을 달랑거리는 소녀의 뒷모습이 보였다. 소녀가 입은 옷을 본 기억이 있었다.

구리타와 유카는 얼굴을 마주 보고 공원으로 뛰어갔다. 가까이 다가가보니 역시 아카네였다.

"여, 이런 데서 뭐 하고 있어?"

구리타가 말을 걸자 아카네는 소스라치게 놀라며 자그마한 몸을 움츠렸다. 땅바닥을 뚫어지게 내려다보고 오들오들 떨면서 대답했다.

"나, 나쁜 짓 한 거 아니야……."

"아니, 그런 걸 물은 게 아니라."

아카네는 겁을 잔뜩 집어먹었다. 구리타의 겉모습에 놀란 건지 아니면 조금 전에 할아버지와 있었던 일이 켕겨서 그러는지는 모르겠지만, 일단 구리타와 유카는 역할을 바꿨다.

유카는 양쪽 무릎에 손을 얹고 아카네와 시선을 맞추고 말을 걸었다.

"아카네, 집에 안 가니?"

"……이제 갈 거야. 언니야는?"

"우리도 집에 가는 중이야. 조금 전까지 할아버지 가게에 있었어. 아카네는 계속 여기 있었니?"

"시간이 남아서."

"일찍 집에 가면 엄마가 이상하게 생각하시니까? 할아버지 가게에서 너무 빨리 나와서?"

아카네는 대답하지 않고 입술을 깨물었다. 유카는 노골적으로 밝은 목소리를 꾸미며 화제를 바꿨다.

"그건 그렇고 가게 열쇠에 달린 사자 인형 열쇠고리 말이야! 그거 아카네가 할머니한테 선물한 거라며? 아카네, 할머니를 정말 좋아하는구나!"

아카네는 턱을 살짝 당기고 대답했다.

"별로. 할망이 괴수를 좋아하니까."

"어……? 괴수?"

"응. 그냥 괴수도 아니고 사자 괴수만 좋아해. 그래서 딱 하나밖에 없는 귀한 거지만 특별히 줬어."

"그, 그렇구나…… 잘은 모르겠지만 어쨌든 아카네 참 착하구나."

유카는 붙임성 있게 웃으며 아카네의 머리카락을 살살 쓰다듬어준 뒤, 짐짓 진지한 표정을 지었다.

"그런데…… 그렇게 할머니를 생각하는 아카네가 왜 할아버지한테는 쌀쌀맞게 구는 걸까? 아까 아카네가 돌아가고 나서 할아버지, 얼마나 쓸쓸해하셨는지 몰라."

"어……?"

고개를 번쩍 든 아카네는 눈을 휘둥그렇게 떴다. 얼굴 가득 걱정하는 빛이 생생했다.

그러나 그것도 잠시, 무슨 이유인지 아카네는 입술을 꽉 다물었다. 쓴 것을 먹기라도 한 것처럼 미간에 잔뜩 주름을 잡고 그네에 앉은 채로 몇 번이나 짜증스럽게 발을 굴렀다.

"아, 아카네……?"

놀라서 고개를 갸웃거리는 유카 앞에서 아카네는 "할방" 하고 나직하게 중얼거렸다. 건드려서는 안 되는 무언가를 건드렸나 보다.

그러나 소녀의 이해하기 어려운 반응은 그것으로 끝이었다.

아카네는 그넷줄을 꽉 잡고 고개를 숙인 채 침묵했다. 아무리 유카가 말을 걸어도 다시는 입을 열지 않았다.

*

"와아, 신기해요. 정말 흥미로운 이야기였어요."

그로부터 이틀 후, 아오이가 단골 카페에 나타났다는 정보를 마스터에게 입수한 구리타는 점심을 먹을 겸해서 가게를 빠져나와 긴자에서 겪은 사건을 들려주었다.

아오이는 초반에는 생글거리는 표정으로 즐겁게, 도중부터는 호기심을 느꼈는지 눈을 깜박이면서, 후반에는 이유는 모르겠으나 미묘하게 창백해진 표정으로 구리타의 말에 맞장구를 쳤다.

"그러니까⋯⋯."

이윽고 아오이가 생각에 잠겨 눈을 바닥으로 내리깔고 헛기침을 했다.

"마지막에는 결국 어떻게 된 건가요?"

"그게, 어떻게고 뭐고."

소란한 카페 안, 벽 근처 테이블에 아오이와 마주 앉은 구리타는 팔짱을 낀 채로 말을 흐렸다.

유감스럽게도 수수께끼를 아직 풀지 못했다. "물론 나나무라가 안타까워서 도와주고 싶지만 그렇게 쉬운 일이⋯⋯" 하고 씁쓸한 표정을 지은 구리타를 응시하던 아오이가 기어들어

가는 목소리로 뜬금없는 소리를 했다.

"……야경이라도 보셨나요?"

"응?"

무슨 소리지.

"유카 씨랑 같이 레스토랑에서 풀코스. 아름다운 야경을 구경하며 '네가 더 아름다워' 같은 드라마틱한 대사를 속삭이셨나요……? 아니면 샴페인 잔을 기울이며 '네 눈동자에 건배' 같은."

놀라서 의자에서 미끄러질 뻔한 구리타는 그쪽이었냐, 하고 생각했다.

"아니, 절대 아니야. 나, 그런 짓을 할 성격이 아니니까. 아오이 씨도 알고 있잖아?"

"그래도…… 사람은, 마가 끼기도 하잖아요."

"마?"

식은땀을 흘리며 구리타는 생략한 뒷이야기를 추가했다.

공원에서 아카네와 헤어진 후, 소녀의 묘한 태도가 마음에 걸렸던 구리타와 유카는 추론을 나누면서 발걸음 닿는 대로 걸어 지하철을 탔다.

아사쿠사 동네에 도착하고 나서야 배가 고프다는 것을 깨닫고 한바탕 난리를 치다가 지인이 운영하는 가게에서 오늘의

정식을 먹고 평소처럼 헤어졌다.

"……그러셨군요."

하아, 다행이다. 안도한 것처럼 한숨을 내쉬는 아오이의 반응을 보며 구리타의 가슴이 은근한 설렘으로 뛰었다.

……조금은 신경을 쓰는 걸까?

아니다, 다른 사람도 아니고 아오이니까. 구리타와 유카가 친밀한 관계가 되었다면 자신과 구리타 단둘이 만나는 것은 안 좋을지도 모른다. 이런 고지식한 생각을 하지 않았을까.

흥분을 가라앉히기 위해 커피를 한 모금 마시고 구리타는 말했다.

"나는 화과자 장인의 자격으로 유카의 취재에 따라갔을 뿐이야. 샴페인으로 건배니 뭐니 하는 오해는 하지 말아줘, 제발."

"네, 알았어요."

평소답지 않게 달변으로 당부하는 구리타가 재미있는지 아오이는 장난스럽게 경례했다.

"그런데 아카네 양이 할머님께 드렸다는 빨간 사자 열쇠고리는 어떤 건가요?"

"응, 궁금해?"

"조금요. 저, 사실은 사자를 정말 좋아하거든요. 어렸을 때 사자를 애완동물로 키우고 싶다고 아버지를 막 졸라서 힘들게 해드린 적이 있을 정도예요. 원래 우락부락한 동물이 귀엽잖아요. 게다가 빨간 사자라니까 더더욱 흥미가 생겨요."

"하, 하아."

묘하게 의미 모를 소리였지만 그러고 보니 그랬다.

예전에 둘이서 미메구리 신사에 갔을 때 신이 나서 사자상을 어루만지던 아오이의 모습을 떠올리며 구리타는 스마트폰을 꺼냈다.

인터넷을 검색해서 나온 사진을 확대해 아오이에게 보여주었다.

"이게 그 사자야."

"아, 본 적 있는 것 같아요."

"게임에 나오는 캐릭터인가 봐. 사자 형태를 한 괴물이래."

구리타는 잘 모르지만, 수백 종류의 괴물이 등장하는 게임으로 예전부터 어린애들 사이에서 폭발적인 인기라고 한다.

캐릭터 상품도 다양했다. 그 열쇠고리와 비슷한 것도 금방 찾았다.

"아…… 그러고 보니 이거 나카미세 거리의 선물 가게에서도 본 것 같아. 맞아. 팔고 있어! 이런 거 대량으로."

"수학여행 온 학생들이 좋아하겠어요. 그건 그렇고……."

"이런."

이야기의 탈선을 깨닫고 구리타와 아오이는 헛기침을 했다. 상황이 상황이다 보니 태평하게 놀고 있을 때가 아니다.

"도와드리고 싶어요. 그 나나무라 씨라고 하는 할아버님."

아오이가 진지한 표정으로 턱을 쥐고 생각에 잠겼다.

"직접 만나 뵙지는 못했지만 역시 안타까워요……. 사람은 누구나 도움이 필요할 때가 있으니까요. 나나무라 씨, 달리 부탁할 사람이 없는 분위기셨죠?"

"아아."

구리타는 고개를 끄덕였다. 아오이의 말이 맞았다.

천성이 다정한 아오이나 남을 돌보기 좋아하는 유카와 달리 구리타는 나서서 타인의 문제에 고개를 들이미는 타입이 아니지만, 아사쿠사 토박이는 일단 인연을 맺으면 끝까지 뒷바라지하는 법이다.

사소하면서도 절실한 나나무라의 소원. 가게를 정리하기 전에 죽은 아내가 만들었던 특제 안미쓰의 맛을 재현해 손녀 아카네에게 먹여주고 싶다는 그 소원을 이루어주고 싶었다.

그러려면 풀어야 할 어려운 수수께끼가 있었다.

나나무라의 아내는 특제 안미쓰에 특별한 재료를 사용했다. 겉으로 보아 티가 안 난다면 일종의 숨은 맛이리라.

'강렬하고 깊은 단맛'이면서 '안미쓰 전체의 인상을 좌우하는 충격적인 맛'이라…….

나나무라의 설명은 막연해서 단서가 되지 못했지만, 맛이란 원래 다른 사람에게 설명하기 어려우니까 어쩔 수 없었다.

그 말에 매달리기보다 나나무라의 아내가 썼다는 제과법 노트를 찾으면 재료를 단숨에 알 수 있다.

그러나 노트는 신기하게도 밀실에서 도둑을 맞았다고 하는데…….

"맞아. 가게 안이 어지럽혀졌으니까 누군가가 훔치러 들어온 것은 분명해. ……열쇠로 잠긴 가게에."

"그런데요, 구리타 씨. 이런 말은 웬만하면 하고 싶지 않지만 나나무라 씨의 자작극이거나 꾸며낸 이야기일 가능성은 없을까요?"

좋은 사람이지만 논리적인 면모도 있는 아오이가 물었지만 그럴 가능성은 없었다.

지금 나나무라는 불이익만 잔뜩 당하는 상태인 데다가 무엇보다 그의 태도에서 통절한 아픔이 느껴졌다.

"내가 보기에 성실한 분이었어. 믿어도 돼."

"그렇다면 안심이에요."

사건이 진실이라는 전제로 생각했을 때, 역시 이 일련의 사태에서 가장 마음에 걸리는 문제는 밀실이었다.

노트라는 물품이 실제로 도난당한 이상 가능성이 있는 방법은 두 가지였다.

(1) 누군가가 어떤 방법으로 밀실에 침입해 범행을 저질렀다.
(2) 밀실에 침입하지 않고 범행을 저질렀다.

(1)은 알고 보니 밀실이 아니었다는 발상이다. 침입할 수 있었으므로 어딘가에 경로가 존재한다. 혹은 과거에 존재했거나 아니면 우발적으로 만들어졌다.

……창문? 다락방? 지하실? 사용하지 않는 문?

모두 다 이번에는 해당하지 않는다. 그렇지만 어딘가에 놓친 출입구가 있을지도 모른다.

또 건물에 손을 대지 않고 쉽게 실행에 옮기는 방법이라면 처음부터 밀실 안에 숨어 있거나 범행 후에도 계속 숨어 있는 방법이 있는데, 이것은 나나무라와 쓰키지 경찰의 발언을 통해 부정되었다.

그렇다면 (2)일까?

밀실에 사람이 들어가지 않고 목적을 달성하는 발상이다.

예를 들어 외부에서 사람보다 작은 무언가를 침입시킨다. 다소 지식이 필요하겠지만 공학부 학생이라면 가능하리라. 산

업용 로봇을 조작하는 소형 기계장치를 만들면 된다.

나나무라의 가게에서 돌아오는 길에 누군가가 미행하는 기척을 느꼈는데…… 설마 그 녀석의 소행일까?

그렇다, 그렇게 몰래 숨어서 하면 된다. 환기구를 떼어내 그 틈 사이로 다관절 팔을 침입시킨다면…….

거기까지 생각한 시점에서 구리타는 고개를 저었다.

"아니야! 너무 터무니없잖아!"

"왜, 왜 그러세요, 구리타 씨. 갑자기?"

"……아니, 조금. 비현실적인 장면을 상상해서."

상식적으로 말이 안 되는 발상은 하지 말아야겠다고 자신을 진정시키며 구리타가 지금 떠올린 생각을 설명하자, 뜻밖에도 아오이는 기뻐하며 양쪽 손바닥을 부드럽게 마주쳤다.

"좋은데요. 저는 그 생각 싫지 않은걸요? 인정이 넘쳐서 오히려 마음에 들어요. 평소 현실주의자인 구리타 씨가 나나무라 씨를 위해 지혜를 짜내다 못해 본론에서 일탈한 생각까지 해버리는 혼란스러운 정념의 구도가……. 아, 말이 심했네요. 어쨌든 수수께끼는 제가 풀었으니까 이제 괜찮아요."

엇. 구리타의 움직임이 멈췄다.

"……지금 뭐라고?"

"사실 전부 구리타 씨 덕분이에요. 처음부터 끝까지 경위를 말씀해주셔서 깨달았어요. 나나무라 사모님께서 사용하신 안 미쓰 재료의 정체와 밀실 트릭. 둘 다 대충 알아냈어요."

경악으로 굳어버린 구리타 앞에서 아오이는 의아해하며 눈을 깜박였다.

"저기, 왜 그러세요?"

"왜 그러기는…….. 내 말을 듣기만 하고 어떻게 알았어?"

"그야 힌트는 전부 지금 말씀해주신 내용에 있었으니까요. 구리타 씨, 번거로우시겠지만 내일 저를 그 가게로 데려가주시겠어요? 가능하면 미리 나나무라 씨한테 연락해서 아카네 양도 올 수 있으면 좋겠는데…….."

"아, 아아…… 그거야 괜찮은데."

"고맙습니다. 그럼 부탁할게요!"

아오이는 꽃망울처럼 환하게 웃더니 발랄하게 일어났다.

"정했으면 서둘러야죠! 구리타 씨, 저는 집에 가서 그 물건의 재고가 있는지 알아봐야 하니까 오늘은 이만 실례할게요!"

*

구름 낀 사이사이로 푸른 공간이 엿보이는 오후.

그날, 쓰키지혼간지에서 조금 떨어진 골목에 있는 나나무라의 가게에는 독특한 긴장감이 가득했다.

손님이 없는 가게 안에 총 다섯 명분의 생각이 오가는 것을 나나무라는 느꼈다.

다섯 명이란 어제 만난 구리마루당의 구리타 진과 동행인 유카, 화과자에 조예가 깊은 아오이라는 여성과 나나무라 본인 그리고 왠지 침착하지 못한 손녀 아카네였다.

어제 나나무라는 구리타에게서 모든 수수께끼를 풀었다는 연락을 받았다. 아카네도 꼭 와주면 좋겠다고 해서 싫어하는 손녀를 달래 와달라고 했다.

조금 전에 가게에 온 구리타와 아오이는 지금부터 아내의 안미쓰를 재현하겠다며 작업장에 틀어박혔고, 나나무라와 아카네와 유카는 긴장감 속에서 안미쓰가 완성되기를 기다리고 있었다.

사실 안미쓰는 아무래도 좋았다.

나나무라는 지금 이 광경을 눈에 깊이 새겨두고 싶었다.

나나무라 자신도 지금껏 숱한 재료를 시험해보았으나 아무리 노력해도 재현하지 못했다. 결국 그 안미쓰는 죽은 아내만이 만들 수 있었다는 결론을 내렸다. 구리타가 어떤 착상을 떠올렸는지 모르지만 정답에 이르지 못할 것이다.

그러나 진심으로 고마웠다.

가게를 정리하기 전에 더없이 훌륭한 청년들과 만날 수 있었으니까.

이 가게에는 셀 수 없이 많은 추억이 있었다.

처음 개점할 때 느꼈던 하늘로 날아갈 듯한 기쁨. 매출이 별로 좋지 않던 시기의 초조함, 아내의 안미쓰가 호평을 얻고 손녀가 매일같이 먹으러 와줬을 때 느낀 행복. 오래 함께한 아내와의 사별…….

행복도 불행도 모두 잊지 못할 소중한 추억이다.

그 마지막 페이지에 다정다감한 청년들의 모습을 추가하는 것이니 이 가게는 정말 운이 좋았다. 끝이 좋으면 전부 좋다고 생각하며 나나무라가 눈을 가늘게 떴을 때, 자신만만한 표정의 구리타와 아오이가 인원수대로 안미쓰를 들고 작업장에서 나왔다.

"다 됐어. 시식해봐!"

나나무라와 유카와 아카네 세 사람은 반사적으로 좌식 자리에 앉았다.

그러나 그릇에 담긴 안미쓰는 겉보기에 지난번과 똑같이 평범했다.

맛에 큰 기대를 걸지 않았는데…….

"어……?"

갑자기 나나무라 맞은편에 앉은 아카네가 코를 벌름거렸다. 아카네는 오싹할 정도로 진지한 표정을 짓고 숟가락을 그릇에 찔러 넣었다.

완두콩과 한천을 잔뜩 퍼서 입에 넣은 순간, 아카네는 눈을 휘둥그렇게 뜨고 외쳤다.

"이거야! 할망의 맛……!"

"으음?"

정신없이 숟가락을 움직이는 아카네를 본 나나무라도 구리타의 안미쓰를 먹었다.

그 순간, 어지러울 만큼 그리운 향기가 코끝까지 획 퍼졌다.

놀라웠다.

강렬한 향기와 입안에 잔뜩 스며드는 감칠맛. 커피와도 비슷하게 약간 씁쓸한 맛. ……이 맛이다.

꼭꼭 씹으니 한천의 탱탱한 탄력과 적완두콩의 부드러운 식감이 최고로 잘 어울렸다. 농후한 단맛이 나는 흑밀을 잔뜩 뿌려서 안미쓰 전체의 맛과 식감을 매끄럽게 연결해 조화를 이루었다.

박력 넘치는 진한 단맛 속에 씁쓸하고 떫은맛이 딱 적절하게 녹아들어 전체적인 향과 맛을 깊게 해주었다.

그립고도 그리운, 거칠면서도 달콤하고 강인한 풍미.

"이거야……! 이 흑밀입니다, 구리타 선생!"

"그렇습니까. 다행이네요."

구리타가 호기롭게 웃으며 옆에 선 아오이를 바라보았다.

"예상이 맞았네, 아오이 씨."

"아니요, 필요한 정보를 전부 가르쳐주신 구리타 씨 덕분이에요."

"이보게, 구리타 선생하고 아오이 선생! 당신들 어떻게 이 맛을?"

다급하게 나나무라가 묻자, 구리타도 고개를 갸웃거리며 아오이를 힐끔거렸다.

"사실 나도 어제부터 정말 궁금했는데……. 특별한 정보를 말한 기억이 딱히 없었거든……. 어떻게 알았지?"

"그게요, 구리타 씨는 화과자 장인이니까 지식이 풍부하시죠. 그런 구리타 씨가 해답을 찾지 못하셨다고 하니까 반대로 저는 짐작이 갔답니다."

"그러니까 구체적으로 어떤 거였어?"

"구체적으로 말하면 길어질 텐데요."

"괜찮아, 이왕 이렇게 됐으니까! 방대한 지식까지 포함해서 마음껏 말해줘."

"네, 그럼!"

아오이는 사랑스럽게 웃으며 설명을 시작했다.

"나나무라 씨는 돌아가신 사모님의 안미쓰 맛을 '강렬하고 깊은 단맛'이며 '안미쓰 전체의 인상을 좌우하는 충격적인 맛'이라고 말씀하셨어요. 그래서 먼저 단맛이 무엇일지 생각했어요. 팥소와 규히는 어떤 의미에서 독립적인 한 부분이니까 안미쓰 전체에 뿌리는 것이라면 역시 흑밀이 유력하죠."

가게에 왔을 때는 거동이 다소 수상했던 아오이지만 지금은 아주 유창한 말투였다.

"흑밀을 만드는 방법은 크게 두 가지예요. 일반 설탕과 물엿과 꿀 같은 여러 재료를 흑설탕에 섞어 졸이는 방식과 흑설탕만으로 만드는 방식이죠. 섞으면 맛이 부드러워지지만 이미 존재하는 단맛과 가까워지니까 충격은 줄어들어요. 애초에 섞는다는 행위 자체에 독특한 개성이나 강렬함을 완화하려는 의미가 있으니까 사모님께서 흑설탕만 사용했을 것이라고 가설을 세웠어요. 그것도 제법 특수한 흑설탕을……."

그렇다면 어떤 흑설탕을 사용했을까?

"흑설탕의 재료는 사탕수수고 주요 생산지는 오키나와와 가고시마죠. 광합성 속도가 빠른 C4 식물인 사탕수수는 일조량이 풍부할수록 잘 자라는 성질이 있으니까…… 이에 기초해 질 좋은 재료를 고르려고 한다면 우선 오키나와로 향하지 않을까요? 나나무라 씨, 사모님께서 오키나와에 가신 적이 있죠?"

아오이가 말하면서 벽을 가리켰다. 화질이 나쁜 텔레비전 주변에 오래되어 빛바랜 관광 안내용 깃발이 여러 개 걸려 있었다. 그중에 오키나와에 갔을 때의 물건도 있었다.

나나무라는 그때가 그리웠다.

젊은 시절에 아내는 맛있는 안미쓰 재료를 구하려고 여유가 생기면 이상적인 재료를 찾아 각지를 돌아다녔다. 가게 형편이 여의치 않아 두 사람분의 여행비를 조달할 수 없을 때는 아내만 보낸 적도 있었다.

"으음, 맞아⋯⋯. 아오이 선생 말씀대로 아내는 여러 번 오키나와에 갔었어."

"그렇군요. 여러 번 가셨다면 그만큼 추억도 생겼을 테고 그런 기억이 아카네 양에게도 전해졌을 거예요."

"엇, 아카네에게⋯⋯?"

무슨 소리인지 몰라 고개를 갸웃거리는 나나무라에게 아오이는 환하게 웃으며 말했다.

"아아, '할방' '할망'이라는 호칭은 오키나와 사투리니까요. 친근감도 느껴지고 정말 귀여워요. 아마 사모님도 그렇게 생각하셔서 아카네 양에게 가르쳐주셨겠죠. 공원에서 유카 씨를 만났을 때도 '언니야'라고 불렀다고 하고요."

"……그랬었니?"

나나무라가 고개를 돌리자, 아카네는 볼이 터질 정도로 안미쓰를 물고 고개를 끄덕였다.

"그래서 결론에 도달했죠. 그 흑밀은 오키나와의 하테루마 섬에서 만들어진 최고급 흑설탕만 사용해서 만들었다고요. 사탕수수는 일조량이 풍부할수록 잘 자라요. 그러니까 남쪽 토지일수록 재배에 적합하다……고 일괄적으로 판단할 수는 없지만, 하테루마 섬은 일본 최남단의 유인도. 유일한 특산품인 흑설탕은 칼륨, 칼슘, 미네랄이 풍부하고 특유의 향긋한 냄새가 나요. 남국의 과실 같기도 한 농후한 단맛과 바삭바삭한 식감도 독특해서 이 섬의 흑설탕을 애용하는 관계자도 생각보다 많아요."

나나무라는 압도되었다.

이렇게까지 지식이 풍부하다니. 대단한 아가씨였다.

"그 흑밀을 안미쓰 전체에 뿌린 점을 제외하면 지난번에 구리타 씨가 만든 안미쓰와 거의 같아요. 완두콩과 한천의 산지는 다를지 몰라도 흑밀의 자기주장이 워낙 강하다 보니 거의 비슷한 맛을 재현할 수 있었죠."

아오이가 능숙하게 설명했다.

"참고로 구리마루당의 흑밀은 이것보다 자기주장을 억제한

고급스러운 단맛이니까 하테루마 섬의 흑설탕을 사용하지 않죠. 그래서 구리타 씨는 딱 한 걸음을 남겨두고 정답을 찾지 못했지만 반대로 저한테는 힌트였던 셈이에요. 수수께끼 풀이는 여기까지입니다."

찬물을 뿌린 것처럼 가게 안이 조용해졌다.

곧 유카가 의아한 표정으로 침묵을 깼다.

"자, 잠깐만 있어봐? 아오이 씨의 화과자 지식은 언제 들어도 대단하지만 아직 모든 수수께끼가 풀리지 않았잖아?"

"아직 뭐가 남았나요?"

"……밀실 말이야, 밀실 수수께끼."

"아, 죄송해요! 깜박했어요!"

아오이가 허둥지둥 헛기침을 하고 다시 설명을 시작했다.

"그쪽도 흑설탕에서 파생해서 해결했답니다. 사실은 이번 사건이요, 처음 들었을 때부터 마음에 걸린 점이 있었거든요."

"그게 뭐지?"

나나무라가 물었다.

"금품에는 일절 손을 대지 않고 금전적 가치가 전혀 없는 노트를 훔쳤다……. 그렇다면 역시 노트의 내용이 뭔지 아는 사람이 아니겠어요?"

나나무라는 깜짝 놀랐다. 지금껏 밀실이라는 트릭에만 정신이 팔려 깨닫지 못했다. 범인은 친족이었나.

"아무리 생각해도 이상한 점이 또 있어요. 돌아가신 사모님의 열쇠에 빨간 사자 열쇠고리가 달려 있다는 이야기요. 아카네 양의 선물이라고 하셨죠? 사실 저도 사자를 좋아하는데요, 듣자 하니 사모님은 '사자 애호가'가 아니라 정확히는 '괴수 애호가'라고 하시던데요."

'별로. 할망이 괴수를 좋아하니까.'
'그냥 괴수도 아니고 사자 괴수만 좋아해. 그래서 딱 하나밖에 없는 귀한 거지만 특별히 줬어.'

아오이는 아카네가 했던 말을 술술 암기했다.
"그런데 조금 부자연스러워요. 오로지 사자 괴수만 좋아하다니 아무리 취향이라도 너무 편협하잖아요. 사실 돌아가신 사모님께서 정말 좋아하신 건 저거랍니다."

아오이가 가리킨 벽 선반에는 먼지를 뒤집어쓴 적갈색의 고마이누 장식품이 있었다.

"오키나와의 기와지붕 장식으로 많이 쓰이는 사자 형태를 한 액막이상. 바로 저 시사 장식품이랍니다."

"앗!"

나나무라는 떠올렸다.

그랬다. 예전에 아내가 가르쳐준 적이 있는데, 겉보기에 시사와 고마이누의 생김새가 비슷하고 세월이 오래 흐르다 보니 까맣게 잊고 있었다.

"사투리를 고려하면 사모님께서는 괴수 애호가가 아니라 오키나와 애호가이시지 않을까요. 아마 이상적인 흑설탕을 발견한 기쁨이 크게 영향을 미쳤을 거예요. 그러니까 사자처럼 생긴 시사를 좋아하신 거고 사자나 괴수를 좋아하신 것은 아닌데……."

입을 꼭 다문 아카네를 배려하듯 잠깐 쳐다본 후, 아오이는 설명을 계속했다.

"아카네 양은 사자를 좋아한다고 착각해서 게임에 등장하는 사자 형태의 몬스터 인형이 달린 열쇠고리를 선물했어요. 사모님께서 손녀의 착각을 굳이 지적하지 않으신 이유는 순수하게 그 마음이 예뻤기 때문이겠죠."

아카네는 약간 창백해진 얼굴로 입술을 깨물었다.

"손녀와 할머니 사이에서 벌어진 의도하지 않은 사랑스러운 착각이지만…… 예기치 못하게 그 일의 꼬리가 길었던 셈이죠. 사자 형태의 몬스터 열쇠고리는 인기가 있으니까 비교적 쉽게 손에 넣을 수 있어요. '그러고 보니 나카미세 거리의 선물 가게에서도 대량으로 팔고 있었다' 같은 말씀을 구리타 씨도 하셨어요."

그랬지. 구리타는 고개를 끄덕였다.

"그런데 아카네 양은 이렇게 말했어요. '딱 하나밖에 없는 귀한 거지만 특별히 줬어'라고요……. 사실 귀한 것이 아닌데 왜 그런 거짓말을 할 필요가 있었을까요? 뭘 속이려고 한 걸까? 이렇게 생각한 순간 밀실 수수께끼가 풀렸어요."

열쇠고리는 쉽게 입수할 수 있다. 즉, 똑같은 것을 몇 개나 가질 수 있다.

나나무라는 전에 이렇게 말했다.


'눈에 딱 보였어. 저 빨간 사자, 눈에 띄니까.'

저 빨간 사자의 태연자약한 모양새만 유독 인상에 또렷하게 남았다.


이 발언을 거꾸로 해석하면 열쇠 자체는 또렷하게 목격하지 못했다는 소리이다.

"이 가게는 정면의 문으로만 들어올 수 있고 그 문을 열 수 있는 열쇠는 나나무라 씨와 사모님의 열쇠 딱 두 개죠. 그리고 나나무라 씨가 열쇠로 문을 열고 들어왔을 때, 사모님의 열쇠는 열쇠 걸이에 걸려 있었어요……. 그런데 사실은 나나무라 씨한테 그렇게 보였을 뿐이지 사모님의 열쇠가 아니었어요. 실제로는 다른 열쇠에 같은 열쇠고리를 달아서 그럴싸하게 보이게 했을 뿐이죠.”

모두가 경악해서 눈을 휘둥그렇게 뜨는 가운데 아오이는 차분히 설명했다.

열쇠 자체는 흔하게 생겼다. 그렇다면 비슷한 열쇠를 쉽게 손에 넣을 수 있고 장난감이라도 상관없다.

화려해서 눈에 잘 띄는 똑같은 열쇠고리가 달렸고 평소와 똑같은 장소에 걸려 있다면 설마 다른 열쇠라고 생각할 리 없다. 아니, 생각할 이유가 없다.

심리적 맹점을 노려 오해하게 했다고 아오이는 주장했다.

자세한 방법을 설명하자면, 먼저 빨간 사자 열쇠고리를 매단 가짜 열쇠를 준비해서 가게에 안미쓰를 먹으러 온 시점을 노려 바꿔치기해둔다.

진짜 열쇠만 있으면 밀실은 단순한 방이다. 나나무라가 문을 잠그고 나간 뒤, 열쇠로 문을 열고 당당하게 들어오면 그만이다…….

아오이가 여기까지 설명한 순간, 갑자기 아카네가 소리를 질렀다.

"잘못했어요!"

모두가 놀란 사이, 아카네는 얼굴을 잔뜩 일그러뜨리고 눈물을 뚝뚝 흘렸다.

"노트는 내가 가져갔어요! 사실 나 계속 괴로웠어! 할바앙, 내가 잘못했어! 정말, 정말로 미안해요!"

어린아이의 대성통곡에 모두 당황해서 뭐라고 나무랄 수가 없었다. 망연자실하던 나나무라도 곧 정신을 차리고 들썩이는 아카네의 등을 부드럽게 쓰다듬었다.

잠시 후, 아카네가 어느 정도 진정할 때를 노려 나나무라는 차분하게 말을 걸었다.

"그런데 아카네, 왜 노트를 가져갔니?"

훌쩍이던 아카네가 손등으로 눈물을 닦고 가냘픈 목소리로 대답했다.

"……할방……한테 가르쳐주고 싶었어."

"응?"

"왜냐하면 할방, 안미쓰를 너무 못 만드니까……. 고생만 하니까 불쌍했어. 그래서 내가 만드는 법을 몰래 공부해서 가르쳐주려고 했는데……."

그러려면 그 노트가 꼭 필요했다고 아카네는 말했다.

계획대로 열쇠 교체는 성공했다. 그러나 막상 몰래 들어오고 보니 아무래도 긴장했다.

실수로 접시를 깨뜨리는 바람에 허둥대며 정리하려다가 이
번에는 다른 식기를 떨어뜨렸고, 피하려다가 꽃병을 건드려서
또 깨뜨리고…….

그쯤 되니 완전히 당황했다.

공황 상태에 빠진 아카네는 노트를 움켜쥐고 도둑이 마구잡
이로 헤집은 것처럼 보이는 가게에서 재빨리 도망쳤다. 도망
치면서도 잊지 않고 문을 잠근 것은 기적이나 마찬가지였다.

"할방…… 미안해요. 막 뛰어가다가 그 노트, 스미다 강에 떨
어뜨렸어. 어쩌지…… 이제 못 찾아."

아카네의 눈에 다시 눈물이 잔뜩 고였다.

"할방, 정말 잘못했어요!"

아카네가 고개를 푹 숙이고 자그마한 어깨를 떨며 다시 울
기 시작했다. 나나무라는 말을 잃었다.

침묵은 긴장을 내포한 형용하기 어려운 공기가 되어 그 자
리를 채웠다.

마침내 보다 못한 유카가 주저하며 끼어들려고 할 때, 나나
무라가 손녀의 머리에 손을 얹고 다정하게 쓰다듬었다.

"괜찮단다."

안도 섞인 한숨을 내쉬며 나나무라는 생각했다. 아아……

대체 이게 뭔가. 겨우 그런 일을 원인으로 어긋나고 말았다니.

이렇게 화해한 기쁨이 몇 배나, 몇십 배나 더 컸다. 아마 죽은 아내도 똑같이 말할 것이다.

제과 노트보다 아카네가 아무 걱정 없이 행복하게 사는 것이 훨씬 중요하다고.

사과를 받을 것이 아니라 오히려 아카네에게 고맙다고 말하고 싶었다. 다정다감한 손녀가 진심으로 자랑스러웠다.

"그래도 아카네, 복잡하게 그러지 말고 처음부터 말해줬으면 좋았잖니."

쓴웃음을 지으며 나나무라가 일러주자 아카네는 눈을 내리깔고 대답했다.

"……들키면 안 된다고 생각했어."

"어째서?"

"왜냐하면 그건…… 비전의 노트니까."

"……읏!"

그 순간 숨을 삼킨 나나무라의 머릿속에 그리운 날의 기억이 선명하게 되살아났다.


그날은 휴일이었다. 건재했던 아내는 턱을 괴고 앉아 노트를 넘기고 있었다.

안미쓰를 한 손에 든 아카네가 그 모습을 힐끔힐끔 훔쳐보며 맞은편에 앉은 나나무라에게 물었다.

"있잖아, 할방. 할망이 자주 읽는 저 노트는 뭐야?"

"응, 저건 말이다⋯⋯."

나나무라가 대답하기 전에 아내가 의미심장한 표정으로 선수를 쳤다.

"비전의 노트란다."

눈이 동그래진 아카네를 보며 아내는 장난스럽게 엄숙한 표정을 짓고 말했다.

"닌자의 술법이 적힌 두루마리 같은 거야. 여기엔 이 할망이 직접 고안한 극비의 안미쓰 제과법이 적혀 있어. 이걸 읽으면 누구나 순식간에 안미쓰 달인이 된단다."

"하하, 그렇지."

허풍을 떠는 아내의 말에 나나무라도 어울려 맞장구를 쳤다. 아카네의 눈이 생생하게 반짝였다.

"할망⋯⋯ 대단하다!"

아카네의 반짝이는 눈이 자신을 향하자 아내는 만족했는지 활짝 웃었다.

"아카네가 나중에 커서 직접 안미쓰를 만들고 싶어지면 할망한테 말하려무나. 극비 제과법과 이 노트를 물려줄 테니까."

"와아!"

……기억하고 있었구나, 아카네.

눈시울에 뜨거운 기운이 차곡차곡 차올라 나나무라는 얼굴을 덮었다.

지나간 날들의 추억……. 특별할 것 없는 사소한 일을 아카네는 또렷하게 기억하고 있었다. 그 말을 굳게 믿고 할아버지와 가게를 도와주려고 했다. 그 사실을 곱씹고 또 곱씹어보자 가슴의 열기가 더욱 뜨거워졌다.

나는 세상에서 가장 행복한 남자다.

살아 있어서 다행이다.

오늘 이날까지…….

지금까지 산 인생이 헛되지 않았다.

모든 것을 다 보상받았다.

진심으로 그렇게 생각하며 나나무라는 먼저 떠난 아내에게 이 최고의 기쁨을 전했다.

*

모든 문제를 해결했으니 오래 머무를 의미가 없었다.

돌아가겠다고 하자, 나나무라와 아카네는 손을 잡고 가게 밖까지 배웅하러 나왔다.

나나무라는 결의에 찬 표정으로 고개를 숙였다.

"구리타 선생, 여러분. 오늘 정말 고마웠소. 나는 이 가게에서 좀 더 노력해볼 생각이라오. 아카네가 이렇게까지 해주었으니까. 그 마음에 보답하고 싶구려."

나나무라는 처음 만났을 때와 전혀 다르게 기운이 넘쳤다.

"음."

이제 괜찮다고 생각하며 구리타는 고개를 끄덕였다.

하테루마 섬의 흑설탕을 알았으니 이제 어렵지 않다. 이번에야말로 해낼 것이다.

윤기 흐르는 머리카락을 넘기며 아오이도 다정한 응원을 보냈다.

"가게가 번창하길 기도할게요. 곤란하실 때는 또 불러주세요, 나나무라 씨."

유카가 장난스럽게 눈을 찡긋거리며 말을 받았다.

"그럼요, 그럼. 인생은 90년, 지금부터 시작이에요! 나나무라 할아버지, 남자는 투쟁심만 있으면 어떻게든 된다니까요!"

무슨 소리를 하는지. 자기도 모르게 노려보는 구리타 옆에서 유카는 활기차게 말했다.

"지금은 매출이 좋지 않아도 정말 맛있는 음식을 착실히 만들면 손님은 돌아오는 법이에요. 저, 이번에 진짜로 멋진 기사를 써서 가게를 선전할게요!"

"……하나부터 열까지 이리 고마울 수가. 뭐라 말해야 할지 모르겠어."

북받치는 감정을 곱씹으며 고개를 깊이 숙이는 나나무라 옆에서 아카네도 꾸벅 인사했다.

그런 두 사람에게 "힘내세요!" 하고 한목소리로 응원한 뒤, 구리타와 아오이와 유카는 시원한 봄바람을 맞으며 귀갓길에 올랐다.

역을 향해 걷다가 문득 마음에 걸려 구리타가 물었다.

"그런데 유카, 아까 말한 그 기사의 마감은 언제야?"

유카는 갑자기 어색하게 고개를 돌렸다. 잘 알아들을 수 없게 조용히 대답했다.

"……내일."

"뭐라고?"

구리타가 탄식했고 아오이도 당황했다. 유카는 식은땀을 흘리며 혀를 내밀었다.

"괘, 괜찮아, 괜찮다니까! 밤을 새워서 하면!"

"네 녀석의 괜찮다는 소리는 예전부터 설득력이 없었어! 어이, 따라와!"

셋은 가까운 편의점으로 뛰어 들어가 영양 드링크를 다섯 개 샀다. 전부 유카에게 떠맡기듯 넘기고, 딴 데로 새지 않고 곧장 아사쿠사행 전철에 올라탔다.

제2장

미타라시 경단

사람이란 알다가도 모르겠다.

친밀한 사람이 무슨 생각을 하는지, 또 사생활도……

구리타가 그런 생각을 하게 된 계기는 아침에 재료 준비를 마치고 한숨 돌리러 오렌지 거리를 산책하던 도중에 아오이와 아사바가 어깨를 나란히 하고 걷는 모습을 목격했기 때문이다.

당황해서 숨이 막힌 구리타를 보더니 전방에서 걸어오던 아오이가 손을 흔들었다.

"아, 구리타 씨! 안녕하세요."

"어, 어어."

뻣뻣하게 한 손을 들어 보이고 구리타도 다시 발걸음을 옮겼다.

이제 곧 11시. 오렌지 거리를 채운 공기는 청량했고 평일이어서 아직 관광객도 드물었다.

"이렇게 일찍부터 어딜 가는 거야, 아오이 씨?"

연한 주황색 포석이 깔린 길가로 비켜서서 지나가는 말처럼 물어보자, 걸음을 멈춘 아오이가 구김살 없이 웃으며 대답했다.

"사실은 말이죠, 지금부터 아사바 씨의……."

"무슨 상관이야. 어디를 가든."

아오이가 말을 마치기 전에 꿍꿍이 가득한 미소를 지은 아사바가 끼어들었다.

"너는 이 시간이면 아직 일하는 중이잖아? 우리 일에 끼어들지 말고 가게로 돌아가시지. 나카노조가 농땡이를 부릴지도 모른다?"

"시끄러워. 누가 너한테 물었냐? 그리고 나카노조는 그럴 녀석이 아니야."

일을 소홀히 하진 않지만 먼저 나서서 무언가를 하지도 않는 나카노조. 하여간 미워할 수 없는 녀석이다.

"아, 그래."

너무 간결한 대꾸가 돌아와 구리타는 머쓱해졌다.

오늘도 화려한 복장이 그럭저럭 잘 어울리는 아사바는 긴 머리카락을 나른하게 쓸어 넘기며 의미심장한 한숨을 내쉬었다.

"그런 건 나랑 상관없어. 우리는 지금 바쁘다고. 그렇지요,

아오이 씨?"

"아, 네. 이렇게 두 분이 정담을 나누는 모습을 지켜보는 것
도 즐거울 것 같긴 하지만요."

"아니죠, 그게 뭐가 즐거워요. 얼른 가요."

아사바의 재촉을 받아 아오이도 발걸음을 돌렸다.

구리타가 잠깐 기다려보라고 멈춰 세우자, 아사바는 앞여밈
카디건을 펄럭이면서 돌아보더니 얄밉게 웃으며 눈을 찡긋거
렸다.

"아아, 질척거리긴. 내가 그렇게 신경 쓰여?"

"……누가!"

발끈한 구리타는 혀를 차며 둘을 그냥 보냈다.

*

대체 무슨 속셈이야, 아사바 자식.

구리마루당의 오후 작업장. 구리타는 꽃창포 모양을 본뜬
네리키리*의 연보라색 꽃잎을 한 장 한 장 섬세한 손길로 세공

* 착색한 팥소 안에 규히 등을 넣어 반죽한 것을 세공해 다양한 모양을 만드는
화과자. 주로 사계절의 풍물을 표현한다.

하면서 조금 전의 일을 떠올렸다.

싱글벙글 웃는 아사바의 실눈과 얼마 전에 야밤의 공원에서 들었던 말이 머릿속에서 소용돌이쳤다.

'……스위치가 켜진 것 같아, 내 안에서.'

"쳇."

방심하다가 손끝에 힘이 들어가 네리키리 꽃잎이 살짝 비뚤어졌다.

초보나 할 법한 실수에 구리타 자신이 깜짝 놀랐다.

불량했던 시절에 겪었던 수많은 아수라장의 영향이겠지만 구리타는 어지간한 일로 동요하지 않는다. 그런 자신이 이 정도로 감정이 뒤틀리는 것 자체가 이례적이었다.

구리타는 눈을 감고 심호흡을 하며 감정을 진정시켰다.

나는 대체 뭐에 화가 난 걸까……?

조금 전 아오이의 태도로 보아 현재 그 둘은 아무 사이도 아니다. 이렇게 밝은 대낮부터 이상한 곳에 갈 리도 없다. 아사바는 남성에게는 가차 없지만 여성에게는 신사적이다.

아마 아오이는 그냥 단순하게, 가끔은 색다른 경험을 하는 마음으로 아사바에게 관광 안내를 부탁했을지도 모른다.

그렇다면야 괜찮지만…… 가슴속에 불길한 파도가 일렁이는 이유는 뭘까?

작업장에서 끙끙 앓는 구리타 옆에서 나카노조가 머뭇머뭇 말을 걸었다.

"저기, 구리 씨. 아까부터 자꾸 안절부절못하시네요."

"걱정하지 마. 별것……."

"화장실을 참으면 몸에 안 좋다고요."

"……안 참았어!"

완전히 초점에서 벗어난 걱정 덕분에 오히려 어깨의 힘이 단숨에 빠졌으니 잘된 일이었다.


여느 때처럼 일에 몰두하고 있다 보니 오후 4시를 지날 시간에 아오이가 가게로 왔다.

식사 때도 아니고 간식을 찾을 때도 아닌 어중간한 이 시간대에 구리마루당의 찻집은 대체로 텅텅 빈다.

손님 하나 없는 찻집의 창가 자리에 앉아 아오이는 시라타마 안미쓰를 먹으며 보는 사람까지 속이 시원해지는 웃음을 지어 보였다.

"와아, 맛있어요. 피로가 싹 풀려요."

아사바와 한 외출이 역시 피곤했나 보다. 그런 생각을 하며 구리타는 모자를 벗고 앞머리를 쓸어 넘겼다.

"단 음식은 피로는 물론이고 몸이 받은 충격도 다 회복해주니까. 마음껏 먹어."

"아하, 과연. 구리타 씨가 불량배의 보스가 될 정도로 강했던 이유는 단맛의 회복력 덕분……일 리는 없겠죠. 그래도 이 시라타마 안미쓰는 정말 맛있어요. 흑밀이 정말 달콤한데 뒷맛이 씁쓸하지 않고 청량해요! 부드러운 팥소의 고품격 단맛과 아주 잘 어울려요."

"응, 우리 흑밀은 이 정도면 딱 적당해. 예전부터 이게 전통이니까."

지난번에 나나무라의 가게에서는 하테루마 섬의 흑설탕만 사용해 흑밀을 만들었지만, 구리마루당의 안미쓰에 그 흑밀을 쓰면 자기주장이 너무 강해진다. 그래서 구리마루당에서는 일반적인 흑설탕에 와산본당이나 삼온당과 같은 일반 설탕을 배합해서 만든 부드러운 흑밀을 사용한다.

"와아, 쫄깃한 시라타마에 순한 흑밀이 인심 좋게 뿌려져서 꼭꼭 씹을 때마다 입이 행복해져요. 흑밀과 시라타마와 아오이가 울리는 행복의 색채 삼중주예요."

"어, 으응……?"

갸우뚱 고개를 기울이는 구리타 앞에서 아오이는 시라타마 안미쓰를 행복하게 먹었다.

드디어 그릇을 깨끗하게 비우고 만족에 겨운 한숨을 내쉬는 아오이에게 구리타는 물었다.

"그런데 아오이 씨, 아까 아사바랑 어디에 간 거야?"

"네, 사실은 아사바 씨랑……."

말을 끝마치기 전에 아오이는 당황하더니 촉촉한 입술을 손으로 막았다.

그 상태로 눈동자만 올려 천장을 바라보고 몇 초쯤 생각에 잠기더니 미소를 지으며 말했다.

"……비밀이랍니다."

"응?"

"비이밀. 죄송해요. 사정이 있어서 말 못 해요. 어쨌든 지금은 신경 쓰지 마세요."

입에 과자가 아직 남아 있는 것처럼 뺨을 부풀린 아오이가 장난스럽게 혀를 메롱 내밀었다.

그 행동에 순간적으로 넋을 잃은 구리타는 곧 이유도 없이 무뚝뚝한 표정을 짓고 머리를 마구 헤집었다.

"……뭐야, 비밀이라니. 신경 쓰지 말라고 하면 괜히 더 신경 쓰이잖아."

"아, 그렇구나. 그럼 신경 써주세요."

"오오."

대화의 흐름에 따라 구리타는 몇 초간 진지하게 신경 쓰지 않으려고 시도해보았다.

"……아아, 역시 안 돼. 신경 쓰여!"

"네? 그러면 신경 쓰지 마세요."

"그러니까 그게 무리라고. 가르쳐줘, 아오이 씨."

"죄송해요, 정말로 이번에는 안 돼요."

점점 더 궁금해 미치겠는 구리타와 곤란하게 웃는 아오이가 쳇바퀴 돌듯 같은 소리를 반복하자, 과자 판매장에 있던 앞치마 차림의 시호가 질렸다는 표정으로 다가왔다.

"너희, 아무리 손님이 없다지만……. 시시덕거릴 거면 밖에서 해줄래? 불편하니까."

"누, 누가 시시덕거린다고……!"

얼굴을 붉히며 입을 다문 구리타와 아오이를 보고 시호는 "한심하긴" 하고 중얼거리고 쓴웃음을 지었다.

"솔깃한 얘기를 하나 들었는데, 지금 하나야시키 거리에 한 번 가 봐. 오에도 스테이지 주변에서 재미있는 걸 볼 수 있을 테니까."

뜬금없는 정보에 구리타는 눈을 깜박였다.

"오에도 스테이지에서 뭘 하는데?"

"독특한 길거리 예능을 선보이는 예능인이 왔다더라. 그거 보면서 기분 전환이라도 하고 와."

제법 센스 있는 소리를 하더니 시호는 무슨 이유인지 모르겠지만 시선을 살짝 내리깔았다.

*

하나야시키 거리는 센소지 경내와 롯쿠 흥행가를 연결하는 거리로, 뒷골목 같은 정서가 감돈다.

오래된 사진점, 빙글빙글 도는 원통 간판이 있는 이발소, 대중식당, 해산물 구이 전문집.

정취 넘치는 가게의 처마가 나란하고, 집 형태의 곤돌라를 매단 Bee 타워가 사람들을 즐겁게 해주는 유원지 하나야시키*와 인접한 거리이다.

이곳을 지나다니는 동네 사람들은 소박하고 정이 넘친다.

시간도 느긋하게 흐르는 곳인데, 지금 하나야시키에 병설된 오에도 스테이지 옆에는 주변과 어울리지 않게 열정을 발산하

---

* 아사쿠사에 있는 일본에서 가장 오래된 유원지. Bee 타워는 하나야시키의 상징이다.

는 청년이 한 명 있었다.

"죄송합니다, 좀 더! 좀 더 가까이 와주시겠어요!"

멀찍이 서서 구경하는 어린아이들에게 목청껏 소리를 지르는 남자는 빨간 윗도리와 반다나를 한 마른 체구의 길거리 예능인이었다.

햇볕에 그을린 까무잡잡한 피부에 말쑥한 생김새여서 멀쩡한 상태라면 꽤 호감이 가는 형이겠지만, 지금은 물을 뒤집어쓴 것처럼 땀범벅이었고 힘이 잔뜩 들어간 미소는 필사적이었다.

"무서워하지 말고! 자, 좀 더 가까이 오시라니까요. 그러다가 인력거에 치일지도 모르니까!"

오에도 스테이지는 하나야시키에 병설된 옥외 퍼포먼스 무대, 이른바 흥행장이다. 길가에 불쑥 나와 있어서 멀찍이 떨어져서 보면 통행에 방해된다.

구리타와 아오이는 그쪽으로 다가가며 얼굴을 마주 보았다.

"시호 씨가 말한 길거리 예능인이 저 사람일까?"

"그런 것 같아요. 달리 그럴싸해 보이는 사람이 없으니까요."

"되게 어린데. 우리랑 별로 차이가 안 나 보여."

"이십대 초반쯤일까요. ……기운이 넘치니까 재미있을 것 같아요!"

구리마루당에서 여기까지 오는 동안에는 대화가 잘 맞물리지 않았는데 이제는 평소처럼 편안했다. 아오이는 호기심 가득한 눈을 빛냈다.

아오이는 코미디를 좋아했다.

그쪽에 무지한 구리타는 이럴 때마다 어떤 반응을 해야 할지 몰라 곤란했지만, 좋아하는 것을 마음껏 즐기며 기뻐하는 아오이의 모습을 가까이에서 보고 싶었다.

"좀 더 가까이 가서 보자. 너무 멀면 저쪽도 의욕이 안 날 테니까."

"네."

눈을 가늘게 뜨며 기쁘게 고개를 끄덕이는 아오이와 함께 예능인에게 다가갔다.

그러자 예능인은 이때를 놓치지 않겠다는 듯이 매달렸다. 구리타와 아오이에게 엄지를 척 세워 보이고 열렬하게 달변을 늘어놓았다.

"이거 고맙습니다, 걸음을 멈춰주셔서! 이제 막 시작하려던 참입니다. 백화점 옥상에서 어마어마한 인기를 끌고 있는 최고의 기예들을! 두 분을 위해 지금부터 아낌없이 보여드리겠습니다!"

길거리 예능인은 머리에 두른 빨간 반다나의 각도를 고치고 인사했다.

"저는 종유동이라고 하옵니다!"

예명이 뭐 저래. 구리타는 어이가 없었으나 아오이는 "와 아!" 하고 즐겁게 박수를 쳤다. 웃음 포인트는 사람마다 다른 법이다.

종유동은 경쾌하게 수다를 떨며 샤미센* 음악을 깔고 옆에 놓아둔 소도구를 몇 개 집어 들었다.

도구들은 볼링 핀과 비슷한 형태로, 저글링에 쓰는 하얀 곤봉이었다.

"저는 점심으로 라면을 먹었습니다. 국물은 진하게, 면은 딱딱하게, 박수는 많이 해주시면 기쁘겠습니다. ……하앗!"

기합 소리와 함께 종유동은 곤봉을 하나, 회전을 넣어 머리 높이 던졌다.

낙하하는 도중에 또 하나를 던지고 받은 뒤에 또 던지면서 곤봉 개수를 차차 늘려 음악에 맞춰 완벽한 저글링 기예를 선보였다.

"와아."

"오오."

---

* 줄이 세 개 있는 현악기. 일본 전통음악과 고전 예능의 반주 등에 사용한다.

아오이와 구리타가 감탄하며 기예를 구경하자, 땀과 초조함이 뒤섞인 얼굴의 종유동이 외쳤다.

"조금만 더! 조금 더 요란하게 반응해주시면 기쁘겠습니다, 아가씨!"

"네……?"

코미디를 좋아하기는 하지만 낯을 가리는 아오이가 순간 머뭇거렸다.

"아무래도 구경하는 사람이 즐거워해야 손님이 잘 모이는 법이니까요! 이래 보여도 제 밥줄이 걸려 있어요! 부탁합니다. 박수와 환성이 일본에서 가장 어울리는, 지나치게 미인인 아가씨!"

"……풉."

아오이가 양손으로 입을 막더니 갑자기 몸을 구부리며 귀여운 소리를 내는 바람에 구리타는 놀랐다.

그 순간 무슨 일인가 싶었다. 가녀린 어깨를 부들부들 떠는 것으로 보아 그녀는 웃음을 꾹 참는 것 같았다. 종유동의 지금 발언이 심금을 울렸나 보다.

구리타는 기예보다 아오이의 반응이 오히려 흥미로웠다.

"……와아, 재미있어라!"

곧 고개를 든 아오이는 정말 즐거운지 활짝 웃고 있었다.

"아오이 씨, 지금 그 말이…… 웃겼어?"

"네, 뭐랄까요. 제 마음을 확 부여잡는 뭔가가 있어요."

긴장이 풀린 아오이는 마음껏 박수를 쳤다. 종유동은 저글링을 하며 그 자리에서 발레 무용수처럼 회전했다.

"감사합니다! 지나치게 미인인 아가씨의 박수를 받고 있습니다!"

종유동의 기예와 재담, 그리고 구리타와 아오이의 박수 소리가 좋은 홍보가 되었는지 차츰 관객이 모이기 시작했다.

조금 전까지만 해도 멀리서 구경하던 아이들도 어느새 맨 앞에서 구경하고 있었다.

"이 하얀 곤봉은 종유석입니다! 동굴 천장에 자라는 고드름 같은 거죠. 이렇게 떨어지는 종유석을 하나하나 받아서 다시 던진다……. 이것이 제 예명인 종유동의 유래입니다! 동굴 가득 울리는 박수를 부탁합니다!"

그건 또 뭔데. 구리타는 있는 대로 딴지를 걸고 싶었다.

그러나 종유동의 말투가 익살맞아 재미있는지 구경꾼들이 크게 웃으며 박수를 보냈다.

이제 군중의 중심이 된 종유동은 기분이 좋았다.

기예도 절정에 접어들어 종유동은 만반의 준비를 하고 소형 평균대를 끌고 나왔다. 그리고 "보십시오. 지금 저는 완전히 몰이 올랐습니다…… 하앗!" 하며 평균대 위로 뛰어올라 균형을 잡으며 저글링을 선보였다.

"아래는 나락! 위로부터 종유석! 주변에서는 떠나갈 듯한 박수! 여러분, 진심으로 감사합니다!"

이해하기 어렵지만 어쨌든 활기가 넘쳤다. 열성적인 재담과 사람들의 환성이 해거름 녘 하나야시키 거리를 즐겁게 달궜다.

구리타가 그런 풍경과 어울리지 않는 무언가를 느낀 것은 별생각 없이 주변의 웃는 얼굴을 둘러보던 때였다.

묘한 놈이 있었다.

인파 저 너머의 가게 앞에 낡은 소형 배달 차량이 있었다. 그 그늘에 숨어 누군가가 때때로 얼굴만 쏙쏙 내밀어 이쪽을 보고 있었다.

누구지? 역광이라 잘 보이지 않지만 예능인 쪽이 아니라 구리타 쪽으로 시선을 보내는 것 같았다. 막연하게 기시감이 있었다.

혹시 그때의?

지난번에 안미쓰 사건으로 긴자에 갔을 때 아카쓰키 공원 부근에서 묘한 기척을 느꼈다.

그때는 그냥 기분 탓일지도 모른다고 생각했고 지금도 역광과 배달 차량에 숨어 있는 탓에 확인하기 어렵지만, 수상쩍은 분위기가 매우 흡사했다.

괴한이라는 단어가 자연히 떠올랐다. 생각이 꼬리에 꼬리를 물었다.

전에 유카가 구리마루당 주변을 얼쩡거리는 이상한 사람이 있다고 했다. 실은 전부 동일 인물인지도 모른다. 일단 붙잡아서 목적을 캐내야겠다.

자리를 뜨려는 구리타를 깨닫고 아오이가 의아하게 바라보았다.

"구리타 씨, 어디 가시려고요……?"

"미안. 금방 돌아올 테니까 아오이 씨는 여기서 기다려."

"아니요, 저도 갈래요!"

"어?"

아오이는 감이 뛰어나다. 지금까지 순진무구하게 웃던 표정이 당차게 바뀌었다.

"구리타 씨, 왠지 평소와 분위기가 다르니까요……. 저도 가겠어요!"

"아니, 그렇지만."

눈앞에서 구리타와 아오이가 대화를 나누는 모습이 종유동의 호기심을 자극했나 보다. 평균대 위에서 위험하게 저글링을 하며 한 걸음씩 다가왔다.

"여러분, 아직입니다. 기다려주세요! 아직 마지막 기예는 보여드리지 않았다고요! 마지막 기예를 마친 뒤에 상자를 꺼낼 테니 부디 용돈을 거기에, 가능하면 천 엔 지폐를…… 으앗?"

갑작스러운 사고였다.

용돈 개그를 하다가 균형을 잃었는지 종유동이 평균대 위에서 비틀거렸다.

"아, 아, 아……!"

화려하게 하늘을 수놓던 곤봉이 차례차례 손에서 떨어져 땅바닥을 굴렀다.

평균대 끝에서 위기에 몰린 종유동은 새처럼 양손을 펄럭이며 버텼지만 중력을 이기지 못했다. 몇 초 후, 허공을 쥐어뜯으며 아오이 쪽으로 떨어졌다.

"……꺄악!"

아오이가 놀라 숨을 멈추고 비명을 질렀다.

그 직후, 쿠웅 둔탁한 소리가 났다.

"아이고오오……!"

술렁이는 관중들 틈에서 종유동이 비통하게 신음했다. 앞으로 떨어지는 바람에 엎어진 자세로 쓰러졌다.

그로부터 몇 걸음 떨어진 곳에서 구리타가 종유동을 등지고 아오이를 감싸 벽을 만들었다. 예능인이든 누구든 다른 사람이 아오이를 건드리는 것이 싫었다. 충돌하기 직전에 아오이의 손을 잡아 재빨리 자기 쪽으로 끌어당겼다.

"괜찮아, 아오이 씨?"

"아, 네……."

갑자기 벌어진 일에 놀랐는지 아오이는 눈을 커다랗게 뜨고 넋을 놓고 있었다. 얼굴이 약간 불그스름한 이유는 뭘까.

다름 아니라 구리타가 지금도 아오이의 손목을 잡고 있기 때문……이라는 사실을 깨달은 순간, 구리타의 얼굴도 급격히 홍조를 띠었다.

"미, 미안해! 아프지 않았어?"

"아, 아니요, 전혀요! 구해주셔서 고맙습니다!"

당황해서 손을 놓고 빨개진 얼굴로 허둥거리는 구리타와 아오이 옆에서는 땅바닥에 엎어진 종유동이 애수 가득한 안타까운 표정으로 그들을 바라보고 있었다.

*

"도대체가 너는 뭐 하는 사람이야. 또 남한테 폐를 끼쳤니?"

구리마루당으로 데리고 온 종유동에게 시호가 퍼부은 첫마디가 참 의외였는데, 그것을 받아치는 그의 반응은 더더욱 의

외였다.

"……시끄러워. 네가 왜 여기 있어?"

"이 모습을 보면 알 거 아니야. 종업원이니까 있지. 이래 보여도 나, 이 가게의 얼굴이니까."

"시호 네가?"

"물론이지. 너랑 달리 건실하게 살고 있다고."

종유동은 불쾌해하며 눈썹을 잔뜩 찡그리더니 기예를 선보일 때와 달리 애교는 흔적도 안 보이는 표정으로 혀를 찼다.

"……설교 마귀 같으니. 사람 깔보지 마."

"너야말로 말은 참 잘한다! 됐으니까 대충 거기 앉아. 구급상자를 가져올 테니까."

구리타와 아오이는 종유동과 시호의 모습을 멍하니 바라보았다. 예상하지 못한 전개였다.

아까 낙하하면서 종유동이 손바닥을 다친 탓에 퍼포먼스는 그 시점에서 끝났다.

그를 가게로 데려온 것은, 돈을 벌지 못해 상심한 그를 위로하고 상처를 치료하기 위한 사람 좋은 아오이의 제안이었다.

덧붙여서 구경꾼이 사라진 길거리에서 애절하게 공복을 호소하던 종유동에게 구리타가 화과자 가게를 운영한다고 밝히자, 그가 "가고 싶어, 먹고 싶어!" 하고 강력하게 주장했기 때문이었다.

　그러나 설마 시호와 종유동이 아는 사이일 줄이야.

　종유동을 찻집 의자에 앉히고 손의 상처를 살피는 시호를 보며 구리타는 생각했다. 시호가 오에도 스테이지에 가라고 권한 이유도 그래서였구나.

　"그래서 둘은 어떤 관계지?"

　"무슨 상관이야."

　구리타의 질문에 종유동이 쌀쌀맞게 대답하자 "상관이야 있지, 은혜도 모르는 놈아" 하고 시호가 살벌하게 쏘아붙였다.

　"사촌이야."

　"응?"

　"나랑 이 녀석 쇼이치는 사촌 사이야. 우리 엄마의 여동생이 쇼이치의 엄마. 나이가 나보다 여섯 살이나 어리니까 이 녀석은 예전부터 무능력한 남동생 같다고 할까."

　"난 너를 누나라고 생각한 적 없어. 그리고 무능력하다고 하지 마…… 아파, 아파. 아프다고!"

　"하여간에 나이를 먹어도 입만 산 얼간이구나, 너는! 자, 치료 끝!"

　그의 손바닥 상처는 겉보기에 심했으나 살갗이 벗겨진 정도여서 시호는 대충 붕대를 묶어주었다.

"흥, 여전히 덜렁대네, 시호는. 이왕 해줄 거면 정성껏 치료 해주란 말이야. 됐고, 이왕 이렇게 된 거 가게 매출에 공헌이나 해줄까."

"안 해줘도 되거든."

"어느 걸로 할까. 오오, 미타라시 경단이 있네. 세트도 괜찮 겠는데."

종유동은 시호의 말을 불손하게 흘려듣고 탁자에 놓인 메뉴 를 살폈다.

조금 떨어져서 그 모습을 바라보며 아오이가 구리타에게 속 삭였다.

"종유동 씨, 아까랑 태도가 너무 다르네요?"

"아마 이쪽이 본모습이겠지. 기예를 할 때는 종유동이지만 시호 씨를 만나자 쇼이치로 돌아온 거야."

"그러니까 기예를 하는 중에는 그 익살맞은 캐릭터를 필사 적으로 연기한다는 거네요."

"그런 것 같아."

어쨌든 지금 종유동은 엄연한 손님이다.

그가 주문한 미타라시 경단 세트를 만들려고 구리타는 일단 작업장으로 돌아갔다.

경단은 미리 만들어두면 맛이 떨어지지만, 그렇다고 주문을 받은 뒤에 조신코*를 섞어 반죽하고 쪄서 만들려면 시간이 걸린다. 손님을 오래 기다리게 할 순 없다.

구리마루당의 방침은 꼬치에 네 개씩 꿰어 굽지 않은 플레인 경단을 가게 상황에 맞춰 몇 개씩 상비해두는 것이다.

주문이 들어오면 경단의 양면을 노릇노릇 구워 뜨거운 설탕 간장 갈분**을 묻힌다. 그러면 표면은 걸쭉한데 한 입 깨물어보면 감촉이 바삭바삭 향긋하고, 계속 씹으면 쫄깃쫄깃 부드러운 미타라시 경단을 비교적 빨리 만들 수 있다.

완성한 경단 세트를 시호가 아오이 몫까지 같이 찻집으로 내갔는데, 갑자기 괴상한 소리가 들렸다.

"마……시써어!"

무슨 소리야. 구리타가 작업장에서 나와 상황을 살피러 가보니 종유동이 경단을 가득 물고 눈을 휘둥그렇게 뜨고 있었다. 그 근처에 앉은 아오이는 놀라서 반쯤 뒤로 넘어갈 것 같았다.

"이게 뭐야, 초대박 맛있어! 경단이 바삭바삭하고…… 안이 폭신폭신해!"

---

* 도정한 멥쌀을 빻은 가루.
** 야생하는 칡뿌리에서 채집한 녹말.

"아무렴."

탁자 옆에서 시호가 담백하게 대답했다. 종유동은 소스를 정신없이 핥았다.

"오오, 이렇게 맛있는 경단은 잘 없다고! 달고 짭조름한 소스도 대박. 너무 맛있어서 웃음이 다 나온다. 음…… 그런데 혹시 이런 건가? 그냥 배가 너무 고파서?"

아니야. 구리타는 속으로 대꾸했다. 갓 만든 경단의 식감과 풍미는 시판하는 것과 전혀 다르다.

"아니야."

공교롭게도 시호 역시 똑같은 소리를 하고 고개를 좌우로 흔들며 탄식했다.

"당연히 만든 사람의 솜씨가 뛰어나니까 맛있는 거지. 너를 가게까지 옮겨준 저 힘 좋아 보이는 형씨…… 구리타라고 하는데. 쟤가 이 가게를 운영하는 화과자 장인이야. 재능도 있고 매일 성실하게 일하니까 이렇게 맛있는 과자를 만들 수 있어. 앞날 따위 전혀 생각하지 않는 너와는 그런 점이 달라."

"……윽."

종유동이 입을 꾹 다물었다.

"쇼이치, 이제 너도 적당히 하고 성실하게 일해야지. 좋은 대학을 나왔으면서 언제까지 속 편하게 놀러 다닐 생각이야."

"……놀러 다니는 거 아니야!"

"나도 다 널 걱정해서 하는 말이야. 지금이라면 아직 재출발
할 수…….'"

"시끄러워. 내 걱정일랑 하지 말라고. 나는 곧 크게 될 몸이
니까."

한껏 코웃음을 친 종유동은 경단을 연달아 입에 넣어 순식
간에 해치웠다.

그리고 탁자에 돈을 내던지듯 놓고 차도 마시지 않고 가게
를 나가버렸다.

*

"저기 구리, 저 녀석 어떻게 생각해?"

종유동이 가게를 떠난 뒤, 시호 곁으로 다가간 구리타는 뜻
밖의 질문을 받았다.

"어떻게라니?"

"그게, 사실 네 눈에 어떻게 보일지 좀 봐줬으면 해서 너희
를 보낸 거거든? 그런데 다치기나 하고, 가게까지 데려와줬는
데 밉살맞은 소리나 하고 가버렸네."

"아니, 그건 상관없는데……. 아무튼 뭐. 무슨 생각을 하는지

잘 모르겠는 녀석이긴 해."

무성의하게도 보이는 건들거리는 태도와 기예를 할 때의 호감을 주는 태도. 그 차이가 너무 커서 감이 잘 안 잡혔다.

아오이가 미타라시 경단을 우아하게 먹으며 대화에 끼어들었다.

"종유동 씨…… 다른 이름으로 쇼이치 씨는 항상 저런 느낌인가요?"

"쇼이치, 다른 이름이 종유동이지. 어쨌든 맞아. 예전부터 생각이라곤 없는 얼간이였어. 길거리 예능이니 뭐니 지껄이지만 다 일종의 도피야. 일하기 싫을 뿐이지."

"도피……?"

구리타와 아오이가 어리둥절해하자 시호는 이마를 짚고 울적하게 털어놓았다.

종유동이 현재 취업 재수생이라는 사실을.

"나 때도 취업난이 심각했지만 지금은 더하잖아? 쇼이치도 당연히 합격을 못 했고……. 여러 회사에서 떨어지니까 한때는 장난 아니게 땅을 팠다나 봐."

"나는 취업 준비를 한 적이 없지만…… 한 군데에서 탈락해도 굉장히 충격이라는 소리는 들었어."

구리타의 말을 들은 시호는 당시를 떠올린 것처럼 얼굴을 찌푸리고 정말 괴롭다고 중얼거렸다.

"그래도 괴로운 거랑 현실에서 도피하는 건 이야기가 달라. 그 녀석, 대학 시절에 연극학과에서 이런저런 활동을 했대. 버스킹이나 퍼포먼스 같은 거."

"길거리 예능이네."

"응. 취업 준비 중에 숨을 좀 돌리려고 그걸 다시 시작했다가 푹 빠졌나 봐. 그야 즐겁겠지, 시험도 없고 면접도 없으니까……. 대학을 졸업한 뒤에는 전부 다 내팽개치고 그 일에만 전념했는데 벌써 1년이 지났어. 쇼이치 녀석, 이젠 자기가 어엿한 길거리 예능인이 된 것처럼 군다니까."

신인 예능인으로서 영업을 겸해 전국을 돌아다니는 쇼이치, 즉 종유동은 길거리 예능이 성행하는 아사쿠사에도 종종 불려와 장기인 저글링 기예를 선보이곤 했다.

그러나 그 기예는 어디까지나 초심자보다 조금 나은 수준일 뿐이다.

시호는 친척과 친구들 모두 쇼이치의 장래를 걱정한다고, 침울하게 말했다.

"있잖아, 구리. 괜히 배려하지 않아도 되니까 솔직하게 말해줬으면 해……. 저 녀석, 길거리 예능인으로 살아남을 수 있을 것 같아?"

구리타는 지금까지 아사쿠사 일대에서 본 길거리 예능인들을 떠올리며 머리를 벅벅 긁었다.

"……모르겠어. 좀 어려울 것 같은데."

"그렇지."

"저글링, 마지막에 대차게 실패하기도 했고. 뭐, 재담은 꽤 먹혔어."

"그래?"

시호는 팔짱을 끼고 중얼거렸다.

"그 저글링도 대학 동아리에서 벼락치기로 배운 거라더라. 그 녀석은 눈앞에 닥친 고난을 피하기만 하면 그만인 거야. 아무 생각도 없다니까. 장래도, 자기 자신도."

"으음, 시호 씨. 그렇게까지 생각하시면 좀. 종유동 씨도 종유동 씨 나름대로 생각이……."

아오이가 곤란한 듯이 눈썹을 늘어뜨리며 달래려고 했지만 시호는 단호했다.

"없어. 그 녀석이 아무 생각도 없다는 건 사촌인 내가 보증해. ……뭐, 이런 걸 보증해도 문제지만 예전부터 그런 점은 하나도 변하지 않았다고."

"그런가요?"

고개를 갸웃거리는 아오이에게 시호는 짧게 고개를 끄덕이고 말했다.

"슬프지만 쇼이치는 어려서부터 얼간이였어. 예시라도 하나 들어줄까?"

"부탁드려요."

"그럼 이야기가 좀 길어지지만……. 이 연극의 제목은 '자전거 소동'이야."

쇼이치가 얼마나 분별이 없는지를 가장 잘 드러내는 사건이었다고 전제를 깔고 시호는 이야기를 시작했다.


오래전, 아카기 시호가 아직 어렸을 때의 어느 여름방학.

아카기의 집에서 친척 모임이 열려 멀리 사는 사촌들이 아사쿠사에 모였다.

당시 초등학교 6학년이었던 시호와 3학년인 유이, 1학년인 쇼이치.

시호에게 유이와 쇼이치는 가끔 만나지만 그래서 오히려 귀여운 여동생과 남동생 같은 존재였다. 같이 잠을 자면서 어울려 놀 기회가 드문 만큼 기대했는데, 오랜만에 만난 쇼이치는 예전보다 더 건방지고 제멋대로인 초등학생으로 변해 있었다.

"거기 서지 못해, 쇼이치!"

"싫어!"

냅다 뛰는 쇼이치와 그 뒤를 쫓는 시호의 발소리가 아카기의 집 복도에 울렸다. 유이는 그 모습을 지켜보면서 창백해진 얼굴로 어떻게 말려야 할지 안절부절못하고 있었다.

　치열한 도주극 끝에 간신히 쇼이치를 붙잡은 시호는 매서운 눈빛으로 물었다.

　"쇼이치, 왜 내가 먹으려고 둔 푸딩을 멋대로 먹었어? 화 안 낼 테니까 솔직히 말해."

　쇼이치는 전혀 기죽지 않고 대답했다.

　"먹고 싶었으니까."

　"……그건 이유가 아니잖아!"

　"뭐야, 화 안 낸다고 했으면서."

　"그랬지만…… 좀 생각을 하고 말해야지!"

　나이가 비슷한 시호와 유이, 혹은 유이와 쇼이치 조합은 친했지만 시호와 쇼이치는 잘 맞지 않았다.

　사촌 셋이서 화기애애하게 지내려던 애초의 계획은 짓궂은 쇼이치 앞에서 무너지고 말았고, 시호는 어린 마음에도 인생이 참 뜻대로 되지 않는다는 것을 통감했다.

　여기까지는 소소한 서문이고, 본론은 이다음부터다.

　당시 아카기의 집 창고에는 먼지 쌓인 어린이용 자전거가 있었다.

원래 이웃집에서 얻어온 것이다. 브레이크가 고장 났는데 그 부분만 수리하면 문제없이 탈 수 있다고 해서 시호의 아버지가 받아 왔다.

그러나 형태가 여자아이용이 아니다 보니 시호의 마음에 들지 않아 결국 수리도 하지 않고 창고에 넣어두었는데…….

개구쟁이 쇼이치가 있는 상황에서 망가진 자전거의 존재는 어떤 의미에서 폭탄이었다.

그런데 듣자 하니 쇼이치는 아직 자전거를 못 탄다고 했다. 그래서 모두 안심했다.

실수였다.

"애야, 시호. 쇼이치는?"

무더운 여름날 오후, 한바탕 놀고 거실에서 숙제 중이던 시호에게 어머니가 물었다. 어머니 뒤에는 불안한 표정을 지은 유이가 서 있었다.

"쇼이치? 몰라. 어디서 곤충채집이라도 하고 있겠지? 그 녀석 아직 안 왔어?"

숙제를 하며 시호는 대충 대답했는데 어머니의 목소리는 생각보다 심각했다.

"유이가 여기저기 찾아봤는데 아무 데도 없다지 뭐니……. 너무 늦었잖아? 게다가 그 자전거도 안 보이고."

"에엑!"

그 순간, 시호는 숙제를 내팽개치고 일어났다.

쇼이치 녀석, 설마 망가진 자전거를? 못 탄다고 했으면서.

더운 여름인데도 식은땀을 흘리는 시호 앞에서 어머니가 미간을 찡그리고 말했다.

"……그러고 보니 점심 조금 전에 자전거 벨 소리를 들은 것도 같아. 그때는 환청인 줄 알았는데. 쇼이치, 아직 자전거 못 탄다고 했으니까."

"그거다!"

시호는 자기도 모르게 비명을 질렀다.

"그 녀석, 점심 먹을 때 없었잖아? 그때 이미 자전거를 타고 멀리 가버린 거야……!"

그렇다. 항상 점심 먹기 전이면 배가 고프다고 시끄럽게 소리를 지르던 쇼이치가 그날은 나타나지 않았다.

노느라 정신이 없나 보다, 아침에 두 그릇이나 먹었으니까 조금 기다리면 올 테지. 그때는 다들 그렇게 생각하고 언제든 먹을 수 있게 주먹밥과 닭고기 튀김 등의 반찬에 밥상보를 씌워 식탁에 내놓았는데, 여전히 그대로 남아 있었다.

곧 4시 반이었다.

"찾아야지!"

그다음부터는 대소동이었다.

짐작이 가는 곳에 전화를 걸고 분담해서 주변을 살펴보았지만 쇼이치는 보이지 않았다.

마침내 어른들은 안색이 바뀌어 경찰에 연락했다.

경찰의 신세를 지다니, 아카기 집안에서는 전대미문이었다. 자타 모두 당차다고 인정하는 시호도 어쩔 줄 몰랐고, 내성적인 유이는 새파랗게 질린 얼굴로 말도 제대로 못 했다.

밤이 되어 퇴근한 시호의 아버지도 사태를 듣고 표정이 굳어졌다.

동네 사람들의 협력을 받아 대규모 탐색을 시작했다.

손전등을 든 어른들과 밤길을 걸으며, 당시 열두 살이던 시호의 가슴은 찢어질 듯이 아팠다. 말도 안 되는 일이 벌어졌다. 좀 더 쇼이치를 제대로 돌봤어야 했는데…….

타지도 못하는 자전거를 무리해서 타다가 스미다 강에 떨어졌을까. 아니면 나쁜 사람에게 유괴를 당했을까.

쇼이치, 제발 무사해야 해…….

다행히도 기도가 통했다. 8시를 지나 경찰에서 전화가 왔고, 모두 경악했다.

글쎄, 쇼이치가 우에노 공원에서 발견되었다는 것이다.

순찰하던 경찰이 망가진 자전거를 끌고 다니는 어린이를 발견하고 이상하게 여겨 말을 걸었는데 다름 아닌 쇼이치였다.

자초지종을 들은 시호는 황당했다. 어째서 우에노……? 초등학교 1학년생의 걸음으로 아사쿠사에서부터, 심지어 망가진 자전거를 끌고 가다니 말도 안 된다.

모두 똑같이 생각했으나 쇼이치니까 그럴 법도 하다는 안이한 이유로 넘어갔다.

시호의 아버지가 얼른 우에노로 쇼이치를 데리러 가서 자전거까지 차에 싣고 돌아왔다.

쇼이치는 몹시 피곤해 보이긴 했어도 다행히 다친 데가 없어서 모두 가슴을 쓸어내렸다.

자전거는 어디에 부딪히기라도 했는지 바구니가 완전히 찌그러졌고 앞바퀴도 찌부러졌다.


"……자, 이게 우리 집안에서 유명한 '자전거 소동'이야. 아직 어렸던 나도 기가 차더라. 타지도 못하는 자전거를 일부러 끌고 왜 우에노까지 갔을까? 이유를 물었더니 쇼이치는 이렇게 대답하지 뭐야."


'특별한 이유는 없는데. 날씨도 좋고 심심해서 소화를 좀 시키려고 했을 뿐이야. 무거운 걸 끌면 운동이 될 테니까 자전거

를 가져간 거고.'

쇼이치의 흉내를 내어 말한 후, 시호는 한숨을 내쉬었다.

"지금도 친척들이 모이면 그때 얘기를 할 정도야. 얄미워죽
겠는데 그 녀석은 넉살스럽게 웃기나 하고! 예전부터 자기가
뭘 잘못했는지도 모르는 얼간이였다니까, 쇼이치는."

"하, 하아."

아이들이야 어른이 상상하는 그 이상의 짓을 벌인다지만 이
무용담에는 아오이도 적잖이 당황해서 풍성한 속눈썹에 둘러
싸인 눈을 연신 깜박였다.

"어쨌든 이제부터 본론인데…… 구리, 너한테 부탁이 하나
있어."

"부탁?"

시호는 구리타에게 고개를 돌리고 눈을 살짝 내리깔더니 아
랫입술을 질끈 물었다가 떼고 말했다.

"그 녀석이…… 길거리 예능인을 포기하게 해줬으면 좋겠
어. 헛된 꿈에서 깨워줘."

옆에 선 아오이가 살짝 몸을 움츠렸고 구리타도 시호를 멍
하니 바라보았으나 아무래도 진심인 것 같았다.

"어이, 포기하게 하다니……. 내가 그런 말을 할 입장이 아니

잖아?"

"알아. ……그렇지만 내가 아무리 말해도 걘 듣지 않는단 말이야. 부모님 말씀도, 친척들이 뭐라고 말해도 아까처럼 흘려들어. 모두 두 손 두 발 다 들었어."

"그러나……."

일단 대꾸는 했으나 구리타는 혼란스러웠다. 날카로운 외모와 안 어울리게 부탁을 받는 일이 꽤 많은 자신이지만 타인의 꿈을 포기하게 해달라는 요구는 처음이었다.

"그래도, 시호 씨. 그건."

"물론."

시호는 구리타의 말을 막고 고개를 젓더니 비통한 표정으로 말했다.

"……구리가 무슨 말을 하려는지 알아. 그래도 나는 내버려 둘 수가 없어. 지금도 그 녀석이 미덥지 못한 남동생 같다는 생각이 들어서……. 너를 곤란하게 하고 싶은 것도 아니고 그 녀석을 증오하는 것도 아니야. 나는 그냥 쇼이치가 걱정돼."

시호는 고뇌로 가득한 표정으로 신음했다.

"취업 준비는 당연히 힘들겠지만 지금부터 해도 늦진 않잖아? 빨리 길거리 예능에서 발을 빼지 않으면 앞으로 남은 긴긴 인생을 전부 실패할 거야. 부탁이야, 구리! 그 녀석이 정신을 차리게 해줘!"

"시호 씨……."

"이렇게 부탁할게!"

시호가 고개를 숙였다. 언제나 또랑또랑하고 당차서 대장부 같은 시호가 이렇게까지 나오니 구리타는 당황스러웠다. 그만큼 시호는 사촌 동생을 걱정하고 있었다.

잠시 후, 시호는 고개를 들고 이번에는 아오이를 바라보며 말했다.

"아오이한테도 부탁할게! 아까 봤겠지만 쇼이치가 미타라시 경단을 정말 좋아해. 내 말은 듣지 않아도 너희라면 음식의 힘으로 구워삶을 수 있어!"

"네에? 구워삶다니요."

좀 듣기 그렇다며 곤란한 듯 웃는 아오이에게 시호는 열변을 토했다.

"늘 하는 것처럼 화과자를 사용해서 말주변이 뛰어난 정치가 같은 접대로 교묘하게 구슬려줬으면 해. 부탁이야, 화과자의 아가씨……!"

신에게 빌기라도 하듯이 손을 모으는 시호를 앞에 두고, 구리타와 아오이는 어쩔 줄 몰라 얼굴을 마주 보았다.

*

　이거야 원, 엉뚱한 상황이 되고 말았다.

　머리를 마구 헤집으며 구리타는 가게 밖까지 아오이를 배웅하러 나왔다.

　하늘에 저녁놀이 선명하게 졌다. 거리는 어슴푸레한 색으로 따뜻하게 둘러싸였다.

　시호의 말에 따르면 종유동은 내일 한 번 더 오에도 스테이지에서 기예를 선보인 뒤, 지방 순회공연을 떠난다고 한다.

　내일 다시 접촉할 기회가 있지만, 달리 표현하면 마지막 찬스였다. 다른 사람도 아닌 시호의 부탁이니까 어떻게든 해주고 싶지만.

　아오이도 똑같은 생각인지 걱정스럽게 뒤를 돌아보았다.

　"구리타 씨, 어쩌죠?"

　"……솔직히 잘 모르겠어."

　"그렇죠. 미타라시 경단을 먹여서 구워삶는…… 아아, 이렇게 말하면 오해하겠어요. 상황이 잘 풀릴지 어떨지는 몰라도 미타라시 경단으로 설득하는 것 자체는 할 수 있겠지만……."

　말끝을 흐린 아오이는 생각에 잠겨 가느다란 손가락으로 관자놀이를 눌렀다.

그렇다, 그런 문제가 아니었다. 종유동의 장래를 걱정하는 시호의 마음은 알겠지만, 다른 사람이 몰두하는 무언가를 못 하게 말리라니 내키지 않았다.

구리타도 구리마루당을 이으려고 결심했을 때 주변 사람들이 반대했기에 잘 안다. 걱정하는 모두의 마음도 충분히 이해했기에 당시 정말 고뇌했다.

그러나 인생은 결국 본인의 것이다. 최종 결정권은 자신에게 있다.

현실적으로 고된 길이 될 것이 명백하더라도 하고 싶다면 도전하고, 실패하면 울분의 눈물을 흘리면서 납득하고 포기하는 편이 낫다. 성공하면 기뻐하면 된다.

이 세상에서 진정으로 소중한 것은 실제로 체험하지 않으면 손에 넣지 못한다는 사실을 구리타는 누구보다 잘 이해하고 있었다.

"……사실 나는 오히려 시호 씨와 종유동의 의사소통이 잘 안 되는 게 문제라고 생각해. 그 두 사람, 사촌이면서 너무 껄끄럽잖아."

"아아, 정말 그래요. 뾰족뾰족, 정말 심하죠."

곤란한 듯 눈썹을 내리는 아오이를 보며 구리타는 가볍게 고개를 끄덕였다.

"어쨌든 내일 한 번 더 녀석과 말해보고 결정하자. 그 녀석, 시호 씨가 생각하는 것처럼 멍텅구리는 아니니까."

"그 말씀은?"

어감이 재미있는지 아오이는 "멍텅구리……" 하고 다시 중얼거렸다.

"자전거 소동의 진상을 알아차렸어. 우선 그걸 확인해야지."

*

조금 전에 그친 가랑비가 소리도 없이 다시 내렸다.

시호에게 부탁을 받고 하룻밤이 지난 그날은 두꺼운 구름이 잔뜩 끼어 흐렸다.

아침부터 비가 내렸다가 그치기를 반복하는 쌀쌀한 날씨. 관광객도 드문드문했고 통행인은 서둘러서 지붕 아래로 달려갔다.

그러나 이런 악천후에도 오에도 스테이지에서는 활기찬 기예가 펼쳐졌다.

"괜찮습니다! 저는 이 정도 비로 포기하지 않아요! 물 찬 제비처럼 멋진 예능인을 꿈꿉니다!"

웃음소리는 들리지 않았다. 구경꾼이 아무도 없으니 당연했지만, 종유동은 그래도 저글링을 하며 웃는 얼굴로 목소리를 높였다.

"도망치지 마세요, 저를 좀 봐주세요! 비에 젖는다고 사람은 죽지 않아요. 감기는 걸릴 수도 있지만요!"

비와 땀으로 윗도리가 푹 젖은 종유동은 붕대를 감은 손으로 열심히 저글링을 했다.

어제 벗겨진 손바닥이 아픈 모양인지 종종 눈썹을 찡그렸지만, 종유동은 여전히 웃었다. 경련이 일었어도 미소는 미소였다. 모두의 심금을 울리는 모습이었지만 걸음을 멈추는 사람은 없었다.

"그치지 않는 비는 없습니다! 근처 편의점에서 우산도 팔고 있어요. ……아얏!"

아픔 때문에 손짓이 어긋나 종유동은 던져 올린 곤봉을 쥐지 못했다.

비통하게 얼굴을 찡그린 그에게서 도망치듯이, 잡지 못한 곤봉이 하나야시키 도로를 무정하게 굴렀다.

우산을 쓰고 먼발치에서 지켜보던 구리타와 아오이가 곤봉을 주웠다.

구리타가 가까이 다가가 곤봉을 내밀자 종유동은 멍하니 중얼거렸다.

"너, 어제 그……."

"여어."

"안녕하세요, 종유동 씨. 비가 이렇게 오는데도 정말 열심히 하시네요."

구리타와 아오이가 인사하자, 제정신을 차린 종유동은 냉담하게 코웃음을 치며 곤봉을 빼앗았다.

"……무슨 일로 왔어."

"기예를 구경하려고."

"헛소리하지 마! 어차피 시호가 보내서 왔겠지? 젠장, 그 참견꾼!"

구리타를 외면한 종유동은 들으라는 듯이 혀를 찼다.

"……흥, 됐어. 어차피 나는 생각 없는 머저리야. 하도 들어서 익숙하니까 이제 와서 무슨 설득을 해도 들어줄 마음이 없다고. 어이, 나를 상대하다간 머저리 기운이 옮을 거다. 썩 돌아가."

"뭘 그렇게 툴툴거려. 네가 애냐."

"뭐야?"

눈을 부라리는 종유동을 보며 구리타는 한숨을 쉬었다.

"남이 무슨 소리를 하든 무슨 상관이야. 판단은 스스로 내려. 애초에 나는 너를 머저리라고 하지도 않았어. 오히려 정신력이 강하다 싶어 감탄했다고."

"저도 감동했어요. 다친 사람은 보통 이렇게 비를 맞으면서 노력하지 않아요."

아오이가 다정하게 웃으며 우산을 내밀어 종유동에게 쏟아지는 비를 막아주었다.

종유동은 허를 찔렸는지 잠깐 굳어 있다가 곧바로 이를 악물었다.

"……너희가 뭘 알아. 나는 친척들 사이에서 애물단지야. 나를 얼마나 얼간이 취급을 하는지 시호한테 못 들었어?"

"아아, 그 자전거 소동. 어제 들었어."

"……쳇. 고릿적 얘기나 끄집어내고. 그러면서 무슨……."

"걸고넘어지지 마. 나까지 그 삭막한 세상으로 끌어들이지 말라고. 이 세상에 솔직한 인간만 있는 게 아니니까. 그리고 그 소동에는 내막이 있어."

종유동은 당황한 기색을 보였다.

"내막? 무슨 소리야?"

"네가 제일 잘 알 텐데? 어렸을 때의 네가 왜 타지도 못하는 자전거를 아사쿠사에서 우에노까지 끌고 갔을까……? 이유는 눈속임을 하기 위해서였지."

종유동은 꿀꺽 숨을 삼켰으나 곧 험악한 표정으로 외쳤다.

"무슨 헛소리야!"

"뭐, 네 성격이 고스란히 드러난 사건이었어. 기예에 전념하는 너와 시호 씨한테 함부로 대하는 너를 양쪽 다 본 덕분에 생각보다 쉽게 이해했지."

그 일화는 현재진행형이 아니라 과거에 있었던 사건을 시호가 재구성한 것이다.

그래도 남겨진 결과가 명백하므로 거꾸로 되짚으면 진상을 밝힐 수 있다.

"그 소동은 결과적으로 아카기 집안에서 오랫동안 입에 오르는 불명예스러운 일화로 남았어. 이게 사실 A야. 그렇지만 또 한 가지, 평범하지만 이상한 사실인 B가 있지."

"사실 B?"

"자전거가 파손되었던 것."

자전거는 어디에 부딪히기라도 했는지 바구니가 완전히 찌그러졌고 앞바퀴도 찌부러졌다.

"경찰까지 부르는 큰 소동을 앞에 두면 대단한 일이 아니라서 희미하게 보이지만, 그 부분만 잘라내서 보면 좀 이상하지. 브레이크만 망가진 자전거치고는 손상이 너무 심하잖아. 뭐,

운 좋게 다들 간과하고 넘어간 것 같지만."

행방불명된 아이가 무사히 돌아온 기쁨 때문에 그 사건은 완벽하게 잊혔다.

"그런데 사실은 그게 목적이었어. A는 B를 눈속임하기 위해서 꾸민, 말 그대로 '단순한 소동'이었지. 네가 노린 건 B의 은폐였지."

말없이 입술을 깨무는 종유동을 바라보며 구리타는 말을 이었다.

"그렇다면 자전거에 무슨 일이 일어났을까? 속도를 너무 내다가 무언가에 정면으로 충돌한 게 분명해……. 그렇지만 당시 너는 아직 자전거를 탈 줄 몰랐어. 아카기 집에 있던 다른 사람 중에 어린이용 자전거를 탈 수 있는 사람은 단둘…… 시호 씨와 사촌 동생인 유이 씨지. 발화자인 시호 씨를 제외하면 유이 씨만 남아."

즉, 진상은 이렇다.

브레이크가 망가졌으니까 타지 말라는 창고의 자전거를 유이가 몰래 탔다가 무언가에 정면충돌해서 망가뜨렸다.

시호가 말하기를, 나이가 비슷한 시호와 유이, 혹은 유이와 쇼이치 조합은 사이가 좋았다.

종유동은 친한 유이를 감싸주려고 소동을 일으켜 눈속임하려고 했다.

소동의 내용은 아무래도 좋았다. 바보 같은 짓일수록 인상이 강해진다.

그 소동을 실행에 옮긴 종유동은 모두에게 욕을 먹으면서도 끝까지 진상을 밝히지 않고 목적을 완벽하게 이루었다……라고 구리타는 이야기를 마쳤다.

"아카기 집안사람들은 정직하니까 네가 한 말을 곧이곧대로 믿었겠지만 차분하게 따져보면 집에 돌아온 뒤의 변명이 좀 억지스러웠어."

"……뭐가."

"소화를 시키고 싶었다며? 그런데 시호 씨가 너는 그날 점심을 안 먹었다고 했어. 아침을 두 그릇이나 먹었다지만 저녁 8시까지 먹지도 마시지도 않았으니 사실 무진장 배가 고팠겠지? 그러니까 반쯤 자포자기한 심정으로 정반대되는 소리를 한 거야. 뭐, 전부 억측이지만…… 내 말이 맞지?"

갑자기 종유동의 얼굴이 와르르 무너졌다.

"아니야."

두 눈을 감고 억지로 짜내듯 소리를 냈다.

"그건…… 아침을 먹은 직후에 벌어진 일이라는 것을 강조하고 싶어서였어. 그렇지만 그때는 완전히 지쳐서 머리가 안 돌아가더라고. 아쉽게도 원래의 의도대로 유도하지 못했어."

"아침 먹은 직후를 강조……?"

무슨 소리지? 구리타가 미간을 찡그리자 옆에 선 아오이가
입을 열었다.

"그러니까 유이 씨가 자전거를 망가뜨린 시간대를 아침 이
후로 착각하게 하려던 거죠? 당신은 최대한 유이 씨가 의심을
사지 않게 하고 싶었어요. 시호 씨 말씀으로는 어머님께서 점
심 전에 자전거 벨 소리를 들었다고 하셨으니까, 사실은 정오
가 되기 조금 전에 유이 씨가 자전거를 가지고 나가 망가뜨린
거예요."

정답이었나 보다.

"뭐, 뭐야. 너희."

믿을 수 없다며 종유동이 눈을 부릅떴다.

역시 전부 꿰뚫고 있었다. 구리타도 내심 혀를 내둘렀다. 느
긋해 보이는 외면과 달리 아오이의 뛰어난 통찰력을 다시 한
번 확인했다.


"아무튼 됐어. 이제 다 지난 얘기니까……."

어깨를 움츠리며 말한 종유동은 그리운 말투로 경위를 설명
했다.

구리타와 아오이가 지적한 대로 소동은 전부 눈속임이었고, 자전거를 망가뜨린 사람은 유이였다.

시호와 종유동이 사이좋게 싸우는 모습을 보고 유이는 소외감을 느꼈다. 종유동의 관심을 끌려고 일부러 위험한 행동을 했는데, 자전거를 타고 제대로 달리지도 못하고 전봇대에 박고 말았다.

다행히 다치진 않았다. 종유동은 거의 협박을 해서 유이의 입을 막고 소동을 실행에 옮겼다.


"나는 성격이 그다지 좋진 않아……. 그건 나도 알고 있어. 속을 털어놓기 좀 부끄럽다고 할까."

"수줍음을 많이 타시나 봐요."

아오이가 순진무구하게 말하자 종유동은 왠지 쩔쩔매며 뺨을 긁적였다.

"……글쎄. 어쨌든 어려서부터 이런 성격이니까 오해를 사는 것도, 애물단지 취급을 받는 것도 어쩔 수 없다고 생각해."

그렇지만 그 녀석, 유이만은 그러지 않았다며 종유동은 눈을 가늘게 떴다.

"속을 보여주는 건 부끄러워도 나한테도 생각은 있어. 유이는 정말 배려심이 깊어. 겉으로 드러난 내 태도 뒤에 숨은 진심을 항상 봐주었어. 그러니까 나는 유이가 곤란할 때면 어떻게든 힘이 되어주겠다고 다짐했어. 철이 들기 한참 전인 꼬맹이 시절부터."

"그래서 그렇게 거창한 소동을 일으키셨군요."

"뭐, 그 나이니까 할 수 있었던 일이기도 해. 어른의 발상은 아니잖아, 그건. 지금 내가 눈속임 작전을 쓴다면 자전거를 더 엉망으로 망가뜨리고 끝이겠지."

그러나 그때는 어린 마음에 망설였다.

다른 사람의 자전거를 망가뜨려선 안 된다고 생각했다. 차라리 바보 같은 연극을 하는 편이 낫겠다고 판단해서 얼토당토않은 행동을 하고 말았다고 종유동은 씁쓸한 표정으로 털어놓았다.

"유이 씨, 정말 기뻐하셨겠어요."

아오이가 가슴을 지그시 누르며 말하자, 종유동은 멋쩍어하며 고개를 돌렸다.

"……잘 몰라. 그래도 그 녀석과는 지금도 자주 연락을 주고받아. 모두 나를 반대하지만 유이만큼은 응원해줘……. 사태의 표면만 보는 시호와는 달라. 시호 그 녀석은 매번, 매번 나를 얼간이 취급이나 하고!"

신경에 거슬리는 기억이라도 떠올랐는지 종유동이 시호를

향한 불만을 늘어놓기 시작했다.

"애초에 시호는 나를 인정하지 않았어……. 완전히 바본 줄 알아. 지금 와서 무슨 말을 해도 소용없어. 나를 절대 이해하지 못하니까!"

종유동이 워낙 강경하게 불만을 표출해서 아오이는 무슨 말을 해야 좋을지 몰라 망설였다. 구리타가 끼어들었다.

"시호 씨는 그런 사람이 아니야. 너야말로 시호 씨를 이해하지 못하나 본데?"

종유동은 대꾸하지 않고 꽁하게 삐쳐서는 고집스럽게 시선을 돌렸다.

가볍게 탄식한 구리타는 말했다.

"됐다. 그보다 너 미타라시 경단을 좋아한다며? 오늘 기예를 마치면 가게로 와. 맛있는 경단을 먹여줄 테니까."

"엇. ……그 초대박 맛있는 경단?"

"그래, 그 경단이야, 경단. 그러니까 한 번 더 노력해보지? 마침 비도 멈췄으니까."

종유동은 고개를 들었다. 어느새 가랑비가 그쳐 두툼한 구름 사이로 고개를 내민 흐릿한 햇빛이 하나야시키 거리를 환상적으로 밝혀주었다.

"……그러니까 그 녀석도 나름대로 생각이 있는 것 같아. 시호 씨가 생각하는 것처럼 얼간이는 절대 아니야."

"기예도 얼마나 정성을 다하셨는지 몰라요. 비도 내리는데 다친 손으로 열심히……."

구리마루당에 돌아온 구리타와 아오이가 소감을 말하자, 시호는 조금 분통함이 섞인 한숨을 쉬고 손으로 얼굴을 감싸더니 약간 치켜 올라간 눈을 감았다.

"그랬구나……."

시호의 속도 복잡할 것이다.

자전거 소동의 뒤 사정을 깨닫지 못한 자신을 향한 분노.

유이를 보호하기 위해서였다지만 진상을 밝혀주지 않은 종유동을 향한 불만.

두 가지 감정이 용솟음치며 다투는 것이 시호의 표정에서 선명하게 느껴져 구리타는 양손을 살짝 펼쳐 보였다.

"시호 씨, 그냥 허심탄회하게 녀석을 응원해주면 어떨까? 취업 준비가 싫다거나 현실 도피를 하려는 유치한 감정으로 보이진 않았다고. 이왕 저렇게 진지하게 하고 있으니까."

그러나 시호는 아랫입술을 깨물고 천천히 고개를 저었다.

"그래도 나는 역시 반대야."

"시호 씨."

"아무리 유이가 응원하더라도 안 되는 건 안 돼. ……너도 알고 있잖아? 지금 이 세상이 얼마나 살기 힘든지. 한 번이라도 실패한 사람에게 매섭도록 냉정한 세상인데 굳이 나서서 가시밭길을 걸을 필요가 어디 있어? 그걸 모르는 그 녀석은 역시 생각 없는 얼간이야!"

기가 세 보이는 얼굴을 붉히며 시호가 날카롭게 외쳤다.

시호가 이렇게 격렬한 감정을 드러내는 일 자체가 드물었다. 시호의 말에서 단순한 험담과는 다른 절박한 감정이 느껴져서 구리타는 턱을 꾹 당겼다.

곧 정신을 차린 시호는 호흡을 가다듬고 부끄러운지 손으로 얼굴을 감쌌다.

"……미안해. 내가 좀 흥분했어. 나도 예전에 여러모로 고생했거든."

"여러모로?"

"아, 아니야……."

시호는 쓸쓸한 표정으로 얼버무리며 말하기를 피했다.

마음에 걸렸지만 지금은 캐묻지 않기로 했다.

살다 보면 많은 일이 있다. 시호도 과거에 고생한 경험이 있기에 진심으로 종유동이 걱정되어 쓴소리를 퍼붓게 되는 것인지도 모른다.

시호라면 언젠가 말할 마음이 들었을 때 말해줄 것이다.

그보다 지금은 시호와 종유동이 어떻게 하고 싶은지가 중요했다. 당사자끼리 마주 앉아 솔직한 마음을 나누어야 했다.

"어이, 시호 씨. 미타라시 경단으로 종유동을 설득하자는 얘기 말인데."

"아아……. 역시 해주기 어렵겠지?"

"무슨 소리야. 내가 시호 씨의 부탁을 거절할 리 없잖아. 단, 이건 사촌끼리의 문제라서 우리가 억지로 설득하는 것도 이상하니까 이번에 미타라시 경단을 만드는 건 시호 씨야."

"내가……?"

"그래. 최고로 맛있는 경단 조리법을 가르쳐줄게. 그러니까 시호 씨 마음을 전부 모아 담아서 녀석에게 먹이는 거야. 우리가 무슨 말을 하는 것보다 분명 이 방법이 훨씬 효과가 있을 테니까."

"먹인 후에 설득하는 방법은 제가 완벽하게 알려드릴게요."

즉각 아오이가 끼어들었다.

둘의 호흡이 묘하게 잘 맞은 덕분인지 시호는 몇 초쯤 망설이다가 힘차게 고개를 끄덕이고 웃어 보였다.

"그러는 편이 이치에도 맞고 왠지 멋있을 것 같다. 그럼 구리랑 아오이, 잘 부탁해!"

미타라시 경단을 만드는 방법은 크게 두 부분으로 나뉜다.

1. 경단을 만들어 노릇노릇 굽는다.
2. 설탕간장 갈분을 묻힌다.

간단한 수준이라면 가정에서도 만들 수 있고 여기에는 질 좋은 재료가 있다.

지금 구리마루당 작업장에는 하얀 가운을 입은 구리타와 시호가 작업대 앞에 섰고, 조금 떨어진 곳에서 아오이와 나카노조가 상황을 지켜보고 있었다.

"그럼 시호 씨, 먼저 경단이야. 시라타마고*를 쓰기도 하지만 구리마루당에서는 보통 조신코를 써서 만들어. 여기 나무 주걱으로 확확 저어."

"오케이."

시호는 구리타의 조언에 따라 볼에 넣은 조신코에 뜨거운

---

* 찹쌀가루를 물에 담가 하얗게 만들고 말려서 빻은 것.

물을 붓고 나무 주걱으로 섞었다.

열심히 휘저어 점성이 생겨 만져도 될 정도가 됐을 때, 이번에는 손을 사용해 직접 주물러서 반죽이 부드러워질 즈음에 대충 찢었다.

그것을 젖은 천을 깐 찜기에 넣고 뚜껑을 덮었다.

그러고는 강불에 올려 쪘다.

다 쪄진 반죽을 천으로 감싸 위에서 꾹꾹 짓눌러 하나로 뭉치자, 이윽고 매끈매끈 독특한 탄력이 생겼다. 경단 생지의 완성이다.

이제 생지를 길쭉하게 늘려 등분하고 하나씩 동글동글한 경단 형태로 만들면 된다.

"그리고 이걸 대꼬치에 네 개씩 꽂으면 굽기 전의 플레인 경단이야."

"오오, 뭔가 그럴싸해졌다……. 혹시 나 화과자 장인의 재능이 있는 거 아닐까?"

"아하하. 시호 씨, 잘하시네요. 그렇지만 겨우 그 정도로는 저한테 한참 미치지 못하거든요?"

옆에서 지켜보던 나카노조가 분위기 파악을 못 하고 해맑게 발언하는 바람에 모두 미묘한 표정을 지었다.

"……으가악!"

"나, 나카노조 씨?"

하여간 가벼운 입이 화근이다. 시호에게 발을 밟혀 아프다고 쭈그리고 앉은 나카노조를 아오이가 다독였다. 얼핏 보면 평화로운 그 광경을 곁눈질하며 구리타는 선반에서 냄비를 꺼냈다.

"……이번에는 설탕간장 갈분이야. 간장, 설탕, 물, 갈분, 미림*을 냄비에 넣고 끓이면 돼. 그런데 식으면 딱딱하게 굳으니까 이건 제일 마지막에 만들어."

"오호라. 잘 구워서 따끈따끈한 경단에 더 뜨거운 이 갈분을 묻혀서 마무리하는 거네."

"그래. 여기에 구리마루당 비전의 소스를 조금 섞어. 대대로 전해지는 비법이라서 미안하지만 내용물은 기업 비밀이야."

종유동이 가게에 오는 시간은 기예를 전부 마친 저녁이다. 시간은 눈 깜박할 사이에 흘렀지만 열의가 넘치는 시호는 이해력이 뛰어나 경단 제과법을 시원시원하게 흡수했다.

마침내 모든 조리법을 전수한 구리타가 이제 준비 완료라고 합격 선언을 하려고 했을 때, 갑자기 아오이가 눈을 빛내며 말

* 소주, 찹쌀, 누룩을 섞어서 만드는 단맛이 강한 주류로, 주로 요리에 조미료로 사용한다.

했다.

"시호 씨, 저 묘안이 떠올랐는데요……."

*

미타라시 경단의 미타라시란 뭘까?

종유동은 알고 있다. 미타라시 경단의 발상지가 교토인 점과 관련이 있다는 것을.

미타라시는 한자로 '御手洗*'라고 쓴다. 교토 시모가모 신사에서 열리는 '미타라시 축제'에서 대나무 꼬챙이에 꿴 경단을 신에게 바쳤기 때문에 그 이름을 쓴다는 설이 하나 있다.

다른 하나는 그 신사의 경내에 있는 '미타라시 연못'에서 샘솟는 물거품을 보고 착상을 얻어 만든 경단이라는 설이다.

어느 쪽이 진실이든 역사가 긴 음식이다.

종유동은 길거리 예능인 일을 하러 교토에 갔다가 그 이야기를 들었다. 덕분에 원래도 좋아했던 미타라시 경단이 단순히 맛있는 간식일 뿐만 아니라 한층 고풍스러운 화과자로 보이기 시작했다.

* 신사 입구에 있어 참배자가 손이나 입을 깨끗이 씻는 곳.

지금은 나름 '미타라시 경단 마니아'였다. 전국 각지를 다니며 먹어서 맛에도 민감했다.

그런 자신 앞에 설마 시호가 직접 만든 미타라시 경단을 내놓다니······.

"······웃기고 있네."

그날 오후, 기예를 마치고 구리마루당에 찾아온 종유동은 나직하게 투덜거렸다.

지금 찻집에는 종유동 이외에 가게 주인인 구리타와 아오이가 벽 쪽에, 앞치마를 입은 시호가 팔짱을 끼고 종유동이 앉은 탁자 앞에 떡 버티고 있었다.

오전에 기예를 구경한다는 핑계를 대며 나타난 가게 주인 구리타가 미타라시 경단을 미끼로 던지길래 낚여서 와봤더니 이런 상황이 기다리고 있을 줄이야.

종유동은 혀를 찼다.

시호가 직접 만든 경단을 먹어서 이쪽에 부담감을 주고 그 틈을 노려 길거리 예능을 그만두라고 설득하려는 속셈이리라.

"어이 시호. 날 간 보겠다는 거지? 의도가 훤히 보이거든."

종유동이 노려보자 시호는 진지한 표정으로 고개를 저었다.

"설마. 간을 보는 건 너지. 내가 지금 막 만든 이 달고 짭짤한 경단 소스를 날름날름 핥아서."

"그거 웃으라고 하는 소리냐."

종유동이 앉은 탁자에 놓인 네모난 화과자 그릇에는 잘 구워서 농후한 설탕간장 갈분을 묻힌 미타라시 경단 두 꼬치가 반짝이고 있었다.

외형은 흠잡을 데 없이 맛있어 보이고 간장의 진한 냄새도 식욕을 자극하지만…….

종유동은 속으로 생각했다.

이건 시호가 만들었다. 맛있을 리가 없다.

또 다른 사촌 누나인 유이와 달리 시호는 어려서부터 섬세한 작업에 서툴렀다. 요리를 하는 모습 따위 한 번도 본 적이 없다.

"말해두겠는데 날 겨우 이런 걸로 회유할 생각은 하지도 마! 절대 안 먹어!"

그 순간, 시호의 표정이 슬프게 일그러졌다. 설마 자신을 향해 그런 표정을 지을 줄 몰랐던 종유동이 당황하며 후회한 순간, 벽 쪽에서 잔뜩 억누른 목소리가 들렸다.

"……종유동 씨, 시호 씨가 모처럼 열심히 만들었어. 입 다물고 먹어보시지."

고개를 돌리니 구리타가 날카로운 눈빛을 하고 노려보고 있었다.

뭐야, 이 사람. 종유동은 흠칫했다. 지금까지와 전혀 다르게 무시무시한 박력이었다. 저절로 몸이 떨려왔다. 도저히 거부할 분위기가 아니었다.

그래도 이로써 먹을 구실이 생긴 셈이다.

"……그러지. 말싸움도 우선 먹고 나서 할까."

종유동은 어깨에서 힘을 빼고 미타라시 경단 꼬치를 들어 올렸다.

무게감이 마음에 들었다. 간장 특유의 달짝지근한 향에 끌려 천천히 입으로 가져갔다.

덥석 입에 넣은 순간, 머릿속에서 말 한마디가 화살처럼 날아왔다.

……대박 맛있다.

경단에 잔뜩 묻은 진한 갈색 소스의 달고 짭조름한 맛. 아직 열기가 남아 담백한 짠맛이 기예를 하느라 지친 몸에 아주 좋았다. 혀 표면을 찐득찐득 어루만지며 입안에 부드럽게 스며들었다.

경단을 깨물자 갓 구운 떡 특유의 바삭바삭한 감촉이 느껴졌고 향긋한 불 맛의 풍미가 천천히 퍼졌다. 바로 연이어 쫄깃쫄깃 부드러운 탄력이 입안에서 춤췄다.

더없이 행복한 순간이었다.

꼭꼭 씹어서 그 감미롭고 차진 식감을 만끽했다. 얼마 지나지 않아 탄력이 사라지고 행복한 마법처럼 경단도 입에서 사라졌다.

간장 풍미가 아주 오랫동안 남았다.

"……읏!"

종유동은 즉각 두 번째 경단을 물고 꼬치에서 빼냈다.

끈적끈적한 설탕간장을 힘껏 깨물어 구운 경단의 향긋하고 부드러운 맛을 즐기고 말랑말랑 녹을 때까지 계속 씹었다.

둘, 셋, 넷……. 말 한마디 없이 먹어치우고 바로 다음 두 번째 꼬치로.

꼬치 두 개를 다 먹어치웠을 때, 종유동은 최고의 미소를 짓고 있었다.

그러다가 제정신을 차리고 얼굴을 감추며 의도적으로 불쾌한 표정을 꾸몄다.

시호가 이때다 하고 물었다.

"어때? 이 경단은 내가 만들었어. 그렇지만 이렇게 맛있는 이유는 구리마루당의 맛이기 때문이야. 4대째 내려오면서 꾸준히, 성실하게 지켜온 맛이니까. 취직에 실패했다고 도망쳐서 방황이나 하는 지금의 너는 절대 만들지 못할 맛이지."

"……쳇!"

온몸을 차분하게 흐르던 혈액이 격렬한 열기를 띠고 치솟았다. 모처럼 맛있는 경단을 먹고 좋았던 기분이 지금의 설교로 전부 날아갔다.

"뭐야! 너는 항상, 항상 사람을 깔보면서……!"

종유동이 자리를 박차고 벌떡 일어나자 시호도 지지 않겠다며 고개를 치켜들었다.

"나는 다 너를 생각해서……."

"그게 깔본다는 거야!"

서로 감정에 휩싸여 노려보고 있으려니 점점 더 분노가 증폭되었다. 한계까지 달아올라 기어코 폭발하기 직전에 옆에서 맑은 목소리가 끼어들었다.

"……잠깐 기다려주세요!"

아오이였다.

"종유동 씨는 오해하고 계세요……. 시호 씨는 그런 분이 아니에요. 종유동 씨를 위해서 시호 씨가 만든 경단은 이것만이 아니에요!"

아오이가 눈짓하자 시호가 아차 싶은 표정으로 중얼거렸다.

"이런……. 가르쳐준 그걸 선보이기도 전에 하마터면 물거품이 될 뻔했네. 고마워, 아오이."

시호는 아오이에게 고개를 숙이고, 이번에는 종유동을 보며 의기양양하게 웃었다.

"있어봐, 쇼이치. 내 경단은 지금부터가 진짜니까."

"뭐?"

시호는 잽싸게 작업장으로 들어가 새로운 꼬치 경단을 담은 그릇을 가지고 돌아왔다.

전부 세 접시. 고급스러운 화과자 접시에 두 개씩 놓인 그것은······.

농후한 팥고물을 잔뜩 묻힌 팥 경단.

황금색 알갱이를 호화롭게 묻힌 콩 경단.

까만색이 아름답게 빛나는 반지르르한 깨 경단.

"미타라시 경단만 만든 게 아니었다니······."

종유동이 어안이 벙벙해 중얼거리자 시호가 고개를 끄덕이며 재촉했다.

"먹어보라니까."

탁자에 놓인 다양한 경단. 이걸 전부 시호가 만들었다고 한다. 그 사실에 내심 놀라면서 종유동은 자기도 모르게 경단을 하나하나 소중히 깨물었다.

팥 경단은 쫄깃쫄깃한 떡과 따끈따끈한 팥고물이 절묘하게 어울렸다.

콩 경단은 포슬포슬 향기로운 콩고물이 넉넉하게 뿌려져 그야말로 풍성했다.

깨 경단은 아작아작했고 달콤하면서 짭조름한 깨의 풍미가 이루 말할 수 없이 맛있었다.

모두 훌륭한 맛이어서 종유동 내면의 반항심이 완벽하게 사라졌다.

안 되겠다. 종유동은 깨달았다. 이제 진심을 감출 수 없었다. 마침내 그 말이 입 밖으로 나왔다.

"맛있어……."

단순히 맛있는 정도가 아니었다. 인정하기 싫지만, 예전부터 요리에 소질이 없던 시호가 자신을 위해 이렇게 종류가 다양하고 맛도 좋은 경단을 만들어주었다는 사실에 감탄했다.

"이렇게 많이 만들었을 줄은 몰랐어. 맛있어……. 전부 다 진짜로."

그러자 시호가 차분히 말했다.

"……다행이다. 그렇게 말해줘서."

안도 섞인 숨을 내쉰 시호는 양손을 살짝 펼치고 이야기를 시작했다.

"이 경단, 종류가 다양해 보이지? 그렇지만 사실은 아니야. 경단은 다 경단이야. 내용물은 기본적으로 같아. 그저 위에 끼얹는 소스에 따라 달라지지."

그 말은 이상하게도 종유동의 가슴 깊은 곳에 아무런 저항도 없이 성큼 들어왔다.

"쇼이치, 이 경단은 전부 너야. 너랑 마찬가지로 가능성이 무한대야. 지금은 너도 사정이 있을 테니까 발을 빼기 어려울 수 있겠지만 꼭 길거리 예능에만 집착하지 않아도 괜찮아. 너한텐 다른 가능성도 많이 있으니까."

시호가 간절한 표정으로 바라보며 애원했다.

지금 모습은 종유동이 기억하는 시호의 그 어떤 표정과도 달랐다.

아니, 아니다. 자신이 시호를 왜곡된 눈으로 바라보고 있었다는 사실을 종유동은 깨달았다. 편견에 사로잡힌 눈이 시호의 진짜 모습과 감정을 제대로 보지 못했다.

그러고 보면 자전거 소동 때도 그랬다. 지금껏 인정하기 싫어서 외면했는데, 나중에 들어보니 시호는 유이 이상으로 종유동을 걱정했다고 한다.

"응? 이제 됐잖아? 이제 눈을 뜰 때가 됐어."

"시호……."

종유동은 마음의 약한 부분을 붙잡혀 뒤흔들린 기분이었다.

"나도 이렇게 보여도 예전에 많이 고생했어……. 세상에 짓밟혀서 괴로워한 적이 수도 없이 많았어. 나는 네가 그런 괴로움을 맛보는 게 싫어!"

아아, 그랬구나. 종유동은 눈을 크게 떴다. 그래서 이렇게 집요하게…….

이제야 실감했다. 시호는 절대 자신을 깔본 것이 아니었다. 전부 자신을 걱정하는 감정의 표현이었다는 것을 깨닫고 종유동의 가슴이 더없이 뜨거워졌다.

연상에 입이 험한 사촌 누나에게 지금 처음으로 진심 어린 고마움을 느꼈고, 누나의 마음에 응답해주고 싶었다.

그래서 속마음을 밝혔다.

"……그, 그만두지 않을 거야!"

"쇼이치?"

"나는…… 나는 절대로 길거리 예능을 안 그만둬! 이건 내 천직이라고!"

감정을 고스란히 드러낸 말투에 놀랐는지 시호가 눈을 동그랗게 떴다.

개의치 않고 말했다. 말하고 싶어도 말하지 못했던 모든 것을 알려주기 위해서.

"원래 나는 연극을 좋아해서 연극을 공부하려고 대학에 들어갔어……. 처음 입학했을 때는 의욕도 가득했고. 그렇지만 연극은 알면 알수록 심오했어. 게다가 복잡하고 난해해서 차츰 뭐가 재미있는지 모르겠더라. 2학년이 됐을 때는 매력을 전혀 느끼지 못했고……."

연극의 매력을 재발견한 것은 취업 준비를 시작한 후였다.

몇몇 회사에서 낙방해 우울했던 종유동은 기분 전환으로 동아리에서 대충 흉내 내던 저글링 기예를 길에서 선보이기 시작했다.

처음에는 어설픈 솜씨였지만 어린아이와 그 부모가 몇 명쯤 서서 구경해주었다.

애드리브로 농담을 섞어 연기하면 모두 즐거워하며 웃어주었다.

그때 불현듯 깨달았다.

……이 웃음이다.

자신의 연극관은 절대 난해한 것이 아니다. 평범한 사람들이 평범하게 즐기며 기뻐하는 오락. 누구나 자신의 삶을 살다가 잠깐잠깐 갈망하는 보편적인 여유.

자신의 원점을 재확인한 종유동은 가장 실시간으로 보람을 느끼는 길거리 예능의 길을 선택했다.

"사실은 지금도 종종 망설여져……. 잠이 오지 않는 밤도 있어. 그래도 그럴 때면 항상 유이가 힘을 주었어. 꼭 하고 싶은 일이라면 열심히 해보라고. 후회를 남긴 채로 취직하지 말고 기간을 딱 정해두고 도전하라고."

3년간.

3년 동안 해보고 깔끔하게 포기할 것이다. 그러니 자신은 지금 필사적이라고 종유동은 속마음을 전부 열어 보였다.

"시호는 잘 모르겠지만 길거리 예능, 진짜 힘들다? 일을 끝낸 뒤에는 녹초가 되고, 수입이 좋은가 하면 간신히 입에 풀칠이나 하는 현실이야. 이벤트에 초청을 받으면 그나마 나아. 그냥 길에서 할 때면 걸음을 멈춰주는 사람도 거의 없어."

괴로운 표정으로 말한 종유동은 코를 훔쳤다.

"그래도…… 가끔 눈을 반짝이며 봐주는 아이들이 있어. 그 웃음을 보기만 해도 나는 보람을 느껴."


아카기 시호는 처음 듣는 사촌 동생의 진심을 진지하게 생각했다.

……아아, 이 녀석은 굳은 의지가 있는 남자였어.

동시에 참으로 눈부시고 아름다운 것을 본 기분이었다.

청년다운, 일종의 외골수 같은 필사적인 눈부심이 지금 자신에게는 없다.

그래서 심장이 떨렸다.

이 녀석과 비슷한 나이일 때, 나도 그걸 갖고 있었는데…….

시호는 설명하기 어려운 초조감에 항상 시달렸던 과거의 자신을 떠올렸다.

어떤 존재가 되고 싶은데 그 정체를 몰라 다양한 직업을 전전했다.

사무직, 웨이트리스, 옷 가게 점원, 전화 상담원, 그 밖에도 다양하게.

이벤트 도우미로 일할 때는 악질 스토커가 붙어서 큰일이 날 뻔한 적도 있었다.

타고난 당찬 성격 덕분에 오히려 스토커를 붙잡아 경찰에 넘겨 별 탈 없이 끝났으나 그때 절실히 느꼈다. 역시 안정적인 직업을 갖고 평범하게 사는 것이 최고라고.

그러나 지금 생각은 또 달랐다.

조금 더 이 눈부심을 보고 싶었다.

괴로웠을 때, 자신은 혼자 극복하려고 했기에 감당하기 힘든 고생을 했다.

그러나 쇼이치와 유이처럼 서로 도와준다면…….

"알았어."

마침내 시호도 평온한 마음으로 말할 수 있었다.

"네 신념이 그렇게 확고하다면 아무 말도 안 할게. 마음 내킬 때까지 해봐."

"시호······."

"단!" 하고 시호는 단호한 표정을 짓고 덧붙였다.

"힘들 때는 유이한테만 말하지 말고 나한테도 상담해줘. 유이처럼 다정하진 않아도 나도 네 사촌 누나잖아. 힘이 되고 싶어······. 힘이 되게 해줘."

쇼이치는 어떤 미지의 현상과 마주한 것처럼 한참 동안 방심 상태였다.

"······응원할 테니까."

시호가 그렇게 말하자, 쇼이치의 크게 뜨인 눈에서 돌연 눈물이 한 방울 흘러내렸다.

떨리는 목소리로 쇼이치가 신음했다.

"고, 고마워······."

영혼까지 짜내는 감개무량한 말을 듣자 시호도 울컥 무언가가 솟구쳤다.

"서운한 소리 하지 마. 사촌이잖아."

익살스럽게 장난으로 받아치며 시호는 생각에 잠겼다.

어디에서 어떻게 잘못된 걸까. 쇼이치를 타일러서 꿈을 포기하게 할 셈이었는데 완전히 반대의 결과였다.

그래도 이건 이것대로 괜찮다.

아니, 최고로 좋다. 시호는 기분 좋은 만족감을 느꼈다.

　그 후, 시호와 종유동은 경단을 먹으며 쌓인 이야기를 꽃피웠고 구리타와 아오이는 그 모습을 따뜻하게 지켜보았다.

　이번에는 당사자에게 맡겨서 솜씨를 자랑할 기회가 없었지만 결과는 그야말로 훌륭했다.

　다행이다. 말로 표현하진 않았지만 구리타는 슬며시 웃음을 지었다. 옆에 선 아오이는 구김살 없이 환하게 웃으며 솔직하게 기뻐했다.

　곧 거리에 본격적인 밤기운이 드리우자 종유동은 시간이 됐다면서 일어났다.

　종유동은 요코하마에서 유이와 만나기로 약속했다고 말했다. 같이 저녁을 먹은 뒤, 마지막 신칸센을 타고 다음 순회공연 장소인 간사이 지방으로 향할 예정이었다.

　"유이와 약속을 했구나……. 나도 만나고 싶다."

　"하하. 다음에 유이랑 같이 경단을 먹으러 올게."

　"기다릴게. 유이한테 안부 전해줘."

　종유동은 시호를 향해 힘차게 엄지를 올려 보인 뒤, 구리타와 아오이에게 투명하고 멋진 미소를 지었다.

　"여러분, 정말 감사했습니다. 그럼 또!"

기운차게 손을 흔들고 늦은 밤의 아사쿠사 역으로 향하는 종유동을 모두 가게 밖까지 나와 배웅했다.

　멀어지는 그의 뒷모습은 늠름하다곤 할 수 없어도 절대 흔들리지 않을 중심축이 잡힌 것처럼 보여서 미덥지 않은 느낌이 없었다.

　밤의 거리로 녹아드는 것처럼 종유동의 등이 작아졌다.

　"종유동 씨와 유이 씨라……."

　구리타 옆에 선 아오이가 조용히 말했다.

　"서로 의지할 사람이 있다니 좋네요."

　뭐지? 왠지 모르게 위화감이 느껴지는 말투여서 구리타는 아오이를 보았다.

　무심코 숨이 막혔다.

　아오이의 옆모습에서 지금껏 본 적 없는 깊은 적막감이 엿보였다.

　지금 무슨 생각을 했을까, 혹은 무엇을 떠올렸을까.

　그러나 구리타의 시선을 깨달은 아오이는 허둥지둥 고개를 젓고 아무 일도 없었다는 듯이 눈썹을 축 늘어뜨리며 웃었다.

　아오이 씨. 구리타는 속으로 그녀를 불렀다. 그 순간, 그 언젠가 했던 생각이 갑자기 가슴에 싹텄다.

　사람이란 알다가도 모르겠다.

친밀한 사람이 무슨 생각을 하는지, 또 사생활도…….

실제로 시호는 종유동의 굳건한 의지와 단호한 결의를 몰랐고, 종유동은 시호의 진심을 몰랐다. 그 결과, 자칫하다 아주 소중한 사람을 잃을 뻔했다.

그렇기에 자신도 이제부터 알아가야 한다.

구리타는 그 생각을 가슴에 새겼다.

제3장

별사탕

5월 초순이 지나면서 햇볕이 화창해졌다. 아사쿠사 거리도 눈에 띄게 활기차졌다.

가슴 설레게 하는 고양감을 머금은 공기는 이 시기 특유의 것이다.

상점가와 가정집 처마에 매달린 수많은 제등. 바람에 흩날리는 색색의 깃발. 멀리서 이따금 오하야시*를 연습하는 소리가 들렸다.

매년 5월에 열리는 아사쿠사 신사의 예대제인 산자마쓰리

---

\* 흥을 돋우기 위해 피리, 북, 소고 등으로 연주하는 노래. 가부키나 노가쿠와 같은 일본의 고전 예능이나 신사 축제 때 주로 사용한다.

축제*가 다가오고 있다.

"앗, 구리타 형님, 안녕하십니까!"

"고생 많으십니다!"

"오오, 수고한다."

전방에서 걸어오는 기운 넘치고 우락부락한 청년들이 말을 걸어서 오렌지 거리를 걷던 구리타는 오른손을 가볍게 들어 보였다. 왼손에는 커다란 종이봉투를 들고 있었다.

예상대로 그중에 한 명이 물었다.

"구리타 형님, 뭡니까. 그 큼지막한 종이봉투는."

"저울. 원래 쓰던 게 망가져서."

구리타는 손의 감각으로 팥소나 만주의 무게를 가늠할 수 있지만 나카노조는 아직 계량이 필요했다.

조금 전에 나카노조가 작업장에서 넘어지면서 선반 위의 저울을 떨어뜨려 망가뜨리는 바람에 급히 가파바시 도구 거리**에 가서 새것을 사오는 중이었다.

---

* 예대제는 신사에서 1년에 1~2회 열리는 가장 중요한 제사를 말한다. 보통 각 신사에 모신 신과 관련이 있는 날이나 특별히 유서 깊은 날에 열린다. 아사쿠사 신사의 산자마쓰리는 매년 5월 셋째 주 금요일에서 일요일까지 열리는데, 일본의 3대 축제 중 하나로 꼽혀 매년 수많은 관광객이 몰린다.

** 조리용품, 주방용품, 식당용품 등을 전문으로 판매하는 도매상이 모인 거리.

"화과자 만드는 일도 역시 쉽지 않네요. 그럼 구리타 형님, 일 열심히 하십시오!"

"너희도."

우락부락한 청년들과 헤어진 구리타는 정오를 지난 오렌지 거리를 걸어 가게로 향했다.

매년 이 시기가 되면 산자마쓰리 준비를 위해 이리 뛰고 저리 뛰는 청년들의 모습이 자주 눈에 띈다.

지역 활성화를 위해서 행사 운영 같은 이런저런 일에 몰두하는 마을 자치단체의 청년부 중에는 전직 불량배 보스였던 구리타가 뒤를 봐준 녀석도 많았다.

대학 입시를 치르기 전에 구리타는 그쪽에서 손을 털었지만, 무슨 이유에선지 지금도 따르는 녀석들이 많았다.

마음만 먹으면 힘을 빌릴 수 있다만…….

구리타는 힐끔 뒤를 돌아보았다. 청년부 남성들의 뒷모습은 이미 멀어졌고 달리 수상한 사람은 보이지 않았다.

괴한.

구리타의 얼굴에 다소 험악한 빛이 번졌다.

유카와 긴자에 갔을 때는 미행이 붙었고 아오이와 길거리 예능을 감상할 때는 둘을 지켜보는 놈이 있었다. 최근 누군가 주변을 킁킁거리는 것은 분명 사실이었다.

그러나 그날 이후로 가끔 시선이나 기척을 느끼긴 해도 모습을 보지 못했다.

구리타는 예전부터 싸움에 익숙했다. 실제로 맞대면해 붙으면 절대 지지 않을 자신이 있지만, 이런 식으로 나오면 좀 껄끄러웠다. 남자답지도 않거니와 단순히 귀찮기도 했다.

불량배의 연줄을 이용해 아사쿠사 전역을 대대적으로 탐색하면 괴한쯤이야 즉각 발견하겠지만…….

구리타는 오렌지 거리를 북상하며 지금 한 생각을 잠시 검토했다.

"그래도 뭐, 지금은 그만둘까."

고민한 끝에 그렇게 결론을 내렸다.

산자마쓰리를 앞두고 모두 기운차게 돌아다니는 이 시기, 아사쿠사에 사는 주민으로서 그들을 방해하고 싶지 않았다. 자력으로 해결해야겠다고 생각했을 때, 갑자기 누군가 말을 걸었다.

"어이, 왜 구겨진 얼굴로 걷고 있냐, 늑대거북이."

"하?"

고개를 들자 대각선 앞쪽에 아사바가 있었다.

아사바 혼자라면 상관할 바 아니지만, 그 옆에 아오이가 서 있어서 무심코 미간을 찡그렸다.

아오이는 어른스러우면서도 귀여운 느낌이 나는 커다란 가방을 어깨에 메고 있었다.

설마 또 둘이서 외출인가……?

아사바 녀석이 원래 여성의 마음을 사로잡는 기술이 탁월한 건지 아니면 아오이에게만 특히 적극적인 건지 모르겠다. 속이 뒤틀린 구리타는 자기도 모르게 불쾌한 표정을 지으며 아사바에게 물었다.

"……뭐야. 물어뜯는다, 이 자식이."

"오호, 무서워라! 그래도 네놈 얼굴은 거북이보다는 늑대에 가깝지."

비실비실 웃으며 몸을 슬쩍 피한 아사바는 아니꼽다는 듯 손가락을 튕겼다.

"그런데 오늘은 유난히 기분이 나빠 보인다. 스트레스가 쌓인 거 아니냐, 구리타? 뭐든 즐거운 일이라도 해서 풀지?"

"그거 고맙군. 그럼 나중에 네놈을 때려눕혀 주마. 그보다 오늘은 또 어디 가는 거야? 저번에도 둘이 외출했잖아."

아사바는 뜸을 들이며 앞머리를 쓸어 올리더니 입가에 음흉한 미소를 지었다.

"신경 쓰여?"

이 자식이! 구리타는 조건반사처럼 고개를 휙 돌렸다.

"됐다, 네놈이 말해줄 리가 없지······. 아오이 씨!"

"네에."

구리타가 질문의 화살을 돌리자, 아오이가 맑디맑은 웃음을 지었다.

무색투명한 침묵이 흐르고 몇 초 후, 그녀가 이해가 안 간다는 듯이 고개를 갸웃거렸다.

"······아니, 어디 가냐고."

의도가 통하지 않은 것 같아서 다시 묻자, 아오이는 "아아!" 하고 손뼉을 쳤다. 그러면서 힐끔 아사바에게 시선을 보내는 것을 목격한 구리타가 선수를 쳤다.

"말해두겠는데 비밀이란 대답은 안 돼. 저번처럼 **비이밀**이라고 귀엽게 말해도 안 되니까."

"어, 어머! 그랬어요?"

갑자기 아오이가 뺨을 꾹 누르며 시선을 내리깔더니 어쩔 줄 몰라 했다.

"이, 이렇게 맞대면하고 그런 말을 들으니까 그, 뭐라고 할까······."

"아오이 씨?"

대체 무슨 생각을 하는지, 아오이는 침착하지 못한 태도로 가방을 손바닥으로 쓸었다. 이 상황에 왜 이런 반응을 보이는지 이해하지 못한 구리타는 멍한 표정으로 멀뚱멀뚱할 뿐이었다.

둘의 대화가 답답해진 아사바가 옆에서 한숨을 내쉬었다.

"어휴……. 알았다, 가르쳐줄게, 가르쳐준다고. 오늘은 아무 데도 안 가. 나랑 아오이 씨는 너를 기다리고 있었어."

"나를?"

"그래. 아까 가게에 갔는데 가파바시 거리에 갔다고 하더라고. 오렌지 거리에서 기다리다 보면 올 줄 알았지."

"뭐야, 그런 거였어?"

안도감에 어깨에서 힘이 빠졌지만 낙관할 상황이 아니라는 생각이 들었다.

어쩌면……. 불길한 예감을 삼키고 구리타는 물었다.

"그런데…… 둘이 같이 나한테 무슨 용건으로?"

"너한테 할 이야기가 있대서, 아오이 씨가."

아사바는 시원시원한 눈매에 의미심장하다고 표현할 수밖에 없는 빛을 띄웠다.

"이야아, 무슨 말을 하려나? 좀 진지한 이야기 같더라. 그래서 아오이 씨에게 힘이 되어주려는 의미로 나도 같이 왔을 뿐이야."

진지한 이야기라고? 내심 충격을 받은 구리타는 입을 다물고 아사바를 노려보았다.

"싫어라, 나한테 뜨거운 시선을 보내지 마. 이제 나머지는 당

사자끼리 차분히 대화해."

알밉게 말한 아사바는 나른한 걸음으로 구리타와 아오이를 남기고 멀어졌다.

아오이가 구리타에게 한 걸음 다가왔다.

"저어……. 아무튼 그런 거니까요, 구리타 씨! 지금 시간 괜찮으세요?"

"어, 어어!"

무심코 대답한 후에 지금 막 사 온 묵직한 저울의 존재를 떠올렸다.

"아아, 미안해. 역시 조금만 기다려줘. 이거 가게에 두고 올게. 뛰면 1분이니까."

"아, 뛰지 않으셔도 괜찮아요. 저, 마스터의 카페에서 기다릴 테니까요."

"알았어. ……그사이에 나도 마음의 준비를 해둘게."

말을 마치자마자 구리타는 가게를 향해 오렌지 거리를 내달렸다.

\*

구리마루당에 짐을 두고 마스터의 카페에 도착할 때까지

5분도 채 걸리지 않았으나, 그사이 구리타는 정말 많은 생각을 했다.

……아오이가 할 이야기란 아사바가 교제 신청을 했다는 보고일지도 모른다. 아니면 이미 승낙했다고 통보하려는 걸까?

방심했다. 구리타는 입술을 깨물었다. 설마 일이 이렇게 빠르게 진행될 줄이야.

아사바를 너무 쉽게 본 탓에 씁쓸한 후회만 남았다.

아사바와는 어린 시절부터 끈질긴 인연이다. 잘 아는 사이인 만큼 아사바가 좀 다른 방식으로 나오리라 예상했다.

그러나 현실은 예상과 달랐다.

혹시 자신이 너무 태평했던 걸까. 본업에 몰두하는 것은 그렇다 치더라도 남의 고민을 해결하기 전에 자신의 문제를 최우선으로 생각했어야 했다.

지금 상황에서 보면 어리석게도, 구리타는 이런 일에는 타이밍이 중요하다는 선입견을 갖고 있었다.

그래서 산자마쓰리에 아오이를 초대해 말을 꺼내볼 생각이었는데…… 완전히 선수를 빼앗기고 말았다.

쓰라린 가슴을 안고 크게 심호흡을 한 뒤, 구리타는 카페 문을 열었다.

평소라면 재미있었을 마스터의 실없는 농담도 지금은 귀를 그대로 통과했다.

아오이는 안쪽 벽 근처의 자리에 있었다.

구리타가 탁자 옆에 서자, 아오이는 고개를 들고 자연스럽게 머리를 정리했다. 밝게 웃을 때가 많은 아오이지만 지금은 왠지 긴장한 표정이었다.

구리타는 자리에 앉자마자 말을 꺼냈다.

"그래서 아오이 씨, 할 얘기가……."

"네, 사실은요."

아오이가 꿀꺽 침을 삼켰다. 구리타도 덩달아 긴장감이 치솟아 마른침을 삼켰다. 입이 바싹 탔지만 뭔가 주문할 여유도 없었다.

그리고 아오이가 꺼낸 말은 구리타가 전혀 예상하지 못한 것이었다.

"……선물이 있어요."

아오이는 커다란 가방에서 물방울무늬 포장지로 싼 자그마한 상자를 꺼내 탁자에 올리고 손끝으로 구리타에게 살짝 밀어주었다.

"이게……?"

"열어보세요."

구리타는 숨죽이며 포장을 뜯고 나서 상자의 뚜껑을 신중히 열었다.

그 순간, 눈이 휘둥그레졌다.

상자 안에는 투명한 비닐에 싸인 별사탕이 한가득 담겨 있었다.

둥그스름한 돌기가 오돌토돌 달린 연하늘색 별사탕. 더할 나위 없이 아름다웠지만 극심한 긴장감에 숨이 탁 막힌 지금, 갑자기 이 물체가 나타난 의미를 모르겠다.

구리타가 아무 말 없이 별사탕을 응시하자, 아오이가 조심스럽게 말했다.

"제 이름이 아오이니까 파란색으로 했는데 어때요?"*

"어? 아, 아아……. 파랗다. 정말 파래!"

반쯤 넋이 나가 의미도 없이 강하게 긍정한 구리타를 보며 아오이가 잔뜩 긴장해서 물었다.

"마음에 드세요?"

"응……. 이걸 나한테?"

"네, 항상 도움을 받으니까 감사 선물이에요. 제가 직접 만들었어요. 마음에 드시면 좋겠어요."

---

* 아오이의 이름은 해바라기 규(葵)라는 한자를 쓰는데, '파랗다'는 뜻의 푸를 청(青)도 일본어로 '아오이'라고 읽는다.

"……으응."

그 순간, 두꺼운 구름이 걷힌 것처럼 구리타의 마음이 단숨에 맑아졌다.

일련의 사고 과정을 전부 뛰어넘어 솔직한 감정이 입에서 새어나왔다.

"기뻐."

눈앞에 앉은 아오이가 가슴을 쓸어내렸다.

"고마워. 정말…… 진짜 기뻐."

구리타가 연이어 말하자 그 자리의 분위기가 순식간에 따뜻해졌다.

아오이도 행복한지 표정이 풀려 약간 어색했던 말투도 원래처럼 느긋해졌다.

"와아…… 가슴이 쿵쿵 뛰었어요! 선물은 받아주어야 비로소 선물이 되니까요. 그건 그렇고, 구리타 씨. 별사탕에 관해서 잘 아세요? 일반적인 화과자 가게에서는 잘 취급하지 않지만 정말 흥미로운 과자예요."

흥분했는지 뺨을 살짝 붉힌 아오이가 갑자기 지식을 늘어놓기 시작했다.

"별사탕은 센고쿠 시대 때 일본에 전해진 남만 과자 중 하나인데요, 이름은 포르투갈어로 설탕 과자라는 뜻인 '콘페이투'

에서 따왔어요."*

아오이가 말하기를, 포르투갈 출신 선교사인 루이스 프로이스가 오다 노부나가에게 별사탕을 선물한 것은 유명한 일화라고 한다. 당시 별사탕은 지금 형태와 달리 아름다운 둥근 뿔이 없고 움푹움푹 팬 새하얀 구형이었다.

그런 모양을 뿔이 있는 예쁜 형태로 바꾼 것은 일본인이 연구를 거듭한 덕택이었다.

"예전부터 지식으로 알고는 있었는데요. 사실 얼마 전에 별사탕 만드는 모습을 가까이에서 견학할 기회가 생겼어요. 역시 진짜는 박력이 다르더라고요! 별사탕은 공장의 전용 기계로 만들어요. 넓적한 징처럼 생긴 거대한 가마…… 역시 그 이름도 징의 다른 이름인 동라라고 하는데요, 그걸 비스듬하게 기울인 상태로 불에 구우면서 회전시켜요. 그 뜨거운 동라 위에 별사탕의 심이 되는 싸라기설탕을 투입하고 당밀을 조금씩 균등하게 뿌려요."

청산유수 같은 말발이었다. 아오이는 즐거워하며 설명했다.

"당밀을 뿌려서 전체가 균일해지게 섞어주고, 건조되면 또 뿌리는 작업을 꾸준히 하다 보면 싸라기설탕의 심에 당밀이

* 일본에서는 별사탕을 '콘페이토'라고 부른다.

엉겨 붙어요. 하루에 대략 1밀리미터 정도씩 커지죠."

"1밀리미터라고?"

구리타는 앞에 놓인 별사탕을 다시 바라보았다.

1엔 동전의 지름이 2센티미터이다. 아오이가 준 별사탕은 크기가 제법 커서 15밀리미터 정도는 되어 보였다.

"이거, 시간이 걸렸겠는데……."

"헤헤, 그야 조금 걸렸죠. 아사바 씨한테도 감사 인사를 드려야 해요. 낯을 가리는 저를 위해서 몇 번이나 공장에 동행해주셨어요."

"아사바가? 왜?"

"저번에 우연히 만났을 때, 어쩌다 보니 가업 이야기가 나왔는데요. 아사바 씨의 제작소에서는 다양한 기계를 만드는데 이따금 제과용 기계의 특별 주문도 들어온대요. 그걸 여쭤보다가 예전에 글쎄, 별사탕 전용 동라도 만든 적이 있다지 뭐예요. 그래서 저도 모르게 아사바 씨한테 질문을 막 퍼부었어요."

"……그, 그래."

구리타도 쉽게 상상이 가는 광경이었다.

"그런데 아사바 씨가 백문이 불여일견이라면서 손가락을 탁 튕기시더니 친절하게도 납품처에 안내해주셨어요."

그곳에서 견학을 겸해 별사탕 만들기를 체험했고, 몇 날 며

칠을 투자해 완성한 별사탕을 지금 드디어 구리타가 받아주었다고 아오이는 설명했다.

"계속 비밀로 해서 죄송해요. 크기가 워낙 조금씩 커지니까 완성할 때까지 비밀로 하고 싶었어요."

"아, 그래서."

지금까지 아오이가 보였던 태도를 전부 이해했다. 아사바와는 전혀, 아무 일도 없었다.

"받아주실지 걱정이어서 긴장했는데…… 다행이다. 기뻐해주신 것 같아서요! 차랑 같이 꼭 드셔보세요."

아오이가 생글생글 웃었다. 그런 그녀를 보는 구리타의 가슴이 남몰래 떨렸다.

뭘까, 이 말로 표현하기 어려운 기쁨은.

아오이와 아사바 두 사람에게 선물을 받은 기분이었다.

아오이는 자신을 이미지화한 파란 별사탕을 선물해주었다.

평소 신세를 진 것에 고마워하는 마음 그 이상을 느낀다면 아마 성급한 판단이겠지만, 그래도 참을 수 없이 기뻤다.

그리고 아사바는 역시 아사바였다.

의미심장한 압박을 주어 자신의 감정을 들여다보라고 재촉했다. 실로 아사바만의 방법으로 구리타의 등을 슬쩍 밀어준 것이다.

그렇다면 이제 구리타도 움직여야 할 때인지 모른다. 그런 생각이 구리타의 온몸에서 샘솟았다. 감정이 잔뜩 고조되어 울퉁불퉁한 손을 세게 움켜쥐었다.

그런데 맞은편의 아오이가 "앗!" 하고 갑자기 소리를 지르고는 말했다.

"혹시 구리타 씨도 만들어보고 싶으세요, 별사탕?"

"어……? 뜬금없네. 뭐, 그야 흥미는 있는데."

구리타가 약간 당황해서 대답하자 아오이의 얼굴이 눈부시게 반짝였다.

"그렇죠. 현역 화과자 장인이니까요. 피가 끓어오르니까 주먹도 막 쥐어지죠!"

오해한 모양이다.

"아니야, 아오이 씨! 나는 그런 이유가 아니라……."

"거절하실 것 없어요, 구리타 씨. 남성분이 불타오르는 모습을 보니까 저도 막 불타올라요! 항상 여기저기 가게에 데려가주시니까 오늘은 제가 안내할게요. 가요, 별사탕을 만드는 곳으로!"

흥분해서 가슴을 두드리는 아오이를 바라보며 구리타는 그것도 뭐 괜찮겠다 싶어 뺨을 긁적였다.

구리마루당은 별사탕을 취급하지 않지만 화과자 장인으로

서 호기심을 느꼈다. 볼 수 있다면 제조 과정을 보고 싶었다.

이런 이유로 구리타와 아오이는 별사탕 공장에 가기 위해 자리에서 일어났다.


아오이가 계산을 마치기를 기다리며 구리타는 스마트폰으로 아사바에게 문자를 보냈다.

……녀석에게는 나중에 할 말이 있었다.


*


쓰쿠바 익스프레스를 타고 미나미센주까지 가서 전철을 두 번 갈아타 목적한 역에 도착했다.

차분하게 낮잠에 빠진 분위기의 마을이었다.

낡은 민가가 어깨를 나란히 하는 사이사이에 개인이 운영하는 상점이 있는데, 녹슨 셔터가 내려진 곳이 많고 퇴색한 선거 포스터가 그대로 붙어 있기도 했다.

구리타와 아오이는 지나는 사람이 드문 거리를 산책하는 기분으로 걸었다.

산들바람에 긴 머리를 날리며 독특한 노래를 기분 좋게 흥얼거리는 아오이의 모습에 구리타는 괜스레 가슴이 뛰었다.

"아오이 씨, 그거 무슨 노래야?"

"뭘까요? 계속 불러볼 테니까 맞춰보시겠어요? 힌트는 차이콥스키랍니다."

품위 있게 질문을 되돌린 아오이는 환하게 웃으며 허밍을 계속하다가 혼자 놀라더니 이상한 소리를 했다.

"이 말을 깜박했어요. 일부러 노린 것 같은 음치 느낌이 포인트예요."

"아니, 자기 입으로 음치라고 하지 마! 어쨌든 일부러 노렸다면…… 반음계인가?"

"네, 거기까지 아시면 정답은 나온 거나 마찬가지죠."

아니, 잘 모르겠는데. 구리타가 대답하기 전에 아오이가 활기차게 말했다.

"정답은 '호두까기 인형'의 '별사탕 요정의 춤'이랍니다. 이 노래, 신비로운 느낌이라 묘하게 끌려요."

"아아…… 그거구나. 듣고 보니 왠지 별사탕 같은 분위기인 노래네."

이런 두서없는 대화를 나누며 5분쯤 더 걸었다.

골목을 돌자, 전방에 잿빛 건물과 작은 간판이 보였다.

"'가네시게 제과'라……. 저건가?"

"네, 이 공장에서 만든 별사탕을 간토 지역의 다양한 가게에

납품한다고 하고요, 외관은 공장으로 보이지만 안에서 판매도 하고 있어요. 별사탕을 좋아하는 동네 사람들이 종종 사러 온 다는 이야기도 들었고……."

그때, 갑자기 공장 문이 열리더니 웬 남자가 얼굴을 내밀었 다. 상반신만 밖으로 내민 그는 좌우를 민첩하게 둘러보았다.

융자 상담이라도 하러 온 은행원인가……?

구리타는 위화감을 느끼며 멍하니 생각했다.

이십대 후반쯤으로 보이는 그 남자가 청결한 까만 양복에 넥타이를 맨 차림이어서 멀리서 보기에 공장에서 일하는 장인 같지 않았기 때문인데…….

다음 순간, 구리타와 아오이의 눈이 휘둥그레졌다.

양복 남자는 다시 공장으로 들어가더니 뚜껑이 덮이지 않은 평평한 나무 상자를 양손으로 끌어안고 밖으로 나왔다. 식품 운반용 플라스틱 컨테이너 비슷하게 생긴 그 나무 상자는 아 주 컸다.

남자는 몇 초쯤 긴장한 표정으로 서 있더니 갑자기 상자를 뒤집었다.

"……흐앗!"

기합 소리와 함께 상자 안에 든 자그마한 물체가 길에 흩뿌 려졌다.

구리타는 질겁해서 눈을 찡그렸다. 빛을 받아 반짝이는 그것은 대량의 별사탕이었다.

흰색, 파란색, 분홍색, 초록색, 검은색. 수채화 물감 팔레트처럼 종류가 다양했다.

예상을 벗어난 광경에 당황해 머뭇거리는 구리타와 아오이의 시선 너머에서 양복 남자는 거칠게 숨을 몰아쉬며 큰일을 완수했다는 듯이 입술을 올려 웃었다.

그 직후, 공장 안에서 벼락과도 같은 탁성이 쩌렁쩌렁 울려 퍼졌다.

"시노부우우우!"

"이런……."

양복 남자가 도망치려는 순간, 공장 문이 열리고 누군가가 뛰어나왔다.

굉장한 박력이었다.

특대 사이즈 조리용 가운과, 분노로 검붉게 물든 삶은 문어 같은 얼굴. 키는 작지만 몸무게는 양복 남자의 두 배는 될 것 같다. 옆으로 넓은 거한이었다.

"너…… 너란 놈은 별사탕이 그렇게 싫으냐!"

"그, 그게 아니라."

"그렇게 내가 싫으냔 말이다, 시노부!"

대낮의 주택가에 호통 소리가 울렸다. 거한은 틈도 주지 않고 휘몰아치는 폭풍우처럼 몰아세웠고 시노부라고 불린 양복 남자는 얼굴을 찡그리고 참아냈다.

"네놈은 이해하지 못하겠지만 별사탕은 모두 다 내 자식이야! 알 하나하나에 내 인생의 일부가 담겼다고. 그걸 너는…… 어떻게 친아들이란 놈이 돼먹지 못한 짓을 해대!"

양복 남자 시노부의 얼굴을 후려갈기듯이 외친 뒤, 거한은 숨이 막혔는지 어깨를 크게 들썩였다.

이야기의 흐름으로 보아 둘은 부자지간인 모양이다.

"……침 좀 튀기지 마, 아버지."

시노부는 품에서 손수건을 꺼내 얼굴을 닦고 드디어 차분한 반격에 나섰다.

"이왕 이렇게 됐으니 하는 말인데, 아버지 방식은 난센스야. 별사탕 알 하나하나에 인생을 담는다고 누가 기뻐하는데? 소비자 니즈에 맞지 않잖아."

"뭐라고?"

"선택과 집중이 비즈니스에서 가장 중요한 전략이야. 코스트컷으로 경영 효율화를 도모하고 특기 분야에 자원을 투자함으로써 새로운 전략적 상품을 만든다. 우리 공장은 그런 이노베이션 시점이 부족해. 인생을 담느니 뭐니 하는 정신론만으로는 부족하다고."

시노부의 말을 이해하지 못했는지 거한 아버지는 눈만 휘둥 그레 뜨고 있었으나, 곧 정신을 차리고 소리를 질렀다.

"……시끄러워어!"

시노부는 귀를 막았다.

"그렇다고 먹는 음식을 길거리에 버리는 놈이 어디 있어! 이 노베이션인지 뭔지 모르겠다만 벌받을 거다, 이 머저리 같은 놈아!"

그 말과 동시에 거한 아버지는 아들의 얼굴을 노리고 두꺼운 팔을 휘둘렀다.

시노부는 공격을 예상했는지 민첩하게 몸을 젖혀서 주먹을 피했다.

그 행동이 오히려 아버지의 분노에 불을 지폈다. 부자는 길거리에서 당장에라도 멱살을 잡을 것처럼 노려보며 골육상쟁을 펼치려고 했다.

"아, 안 돼요! 두 분 다 멈추세요!"

갑자기 아오이가 그들을 향해 뛰어가는 바람에 구리타는 당황했다.

맞다, 그녀는 이런 일에 아주 민감해서 폭력적인 행위만 보면 과잉 반응하며 말리려고 든다. 문득 아오이의 오른쪽 손목에 있는 가늘고 긴 상처가 구리타의 머릿속을 스쳤다.

어쨌든 말려야 한다.

아오이와 구리타의 시선 너머에서 거한 아버지가 경악한 표정을 짓고 있었다.

"……아오이 양이잖아? 갑자기 여긴 왜?"

제삼자의 개입으로 시노부도 정신을 차렸다. 자책하는 것처럼 얼굴을 찌푸리고 혀를 차더니 냉큼 돌아섰다.

"어이? 기다려라, 시노부!"

도주를 깨달은 거한 아버지가 등에 대고 소리를 질렀으나, 시노부는 뒤도 돌아보지 않고 뛰어갔다.

*

"제길……. 저놈은 입만 살아서는. 하는 소리만 번지르르하지 행동하고 죄다 모순되잖아!"

별사탕 공장의 거한 아버지 가네시게가 채찍질이라도 하듯이 거친 손놀림으로 자기 배를 두드려서 아오이를 깜짝 놀라게 했다. 조금 전의 사건 이후, 길에 내버려진 갖가지 색깔의 별사탕을 다 함께 정리한 구리타와 아오이와 가네시게는 지금 가네시게 제과 공장 안에 있었다.

"저기, 그런데 시노부 씨는 왜 저러신 거예요?"

"얼마 전에…… 그게 그러니까. 조금 싸웠거든. 아오이 양 앞에서는 안 그런 척했지만 벌써 반년 가까이 사이가 별로야. 그러니까 조금 전에 녀석이 한 행동은 어린애 같은 앙갚음이지."

"그런가요……. 그런 분으로 보이지 않았는데요, 시노부 씨."

모양 좋은 턱을 쥐고 아오이는 고개를 갸웃거렸다. 가네시게는 "아니야, 저놈은 아직도 철부지라니까" 하고 한숨을 쉬며 돌아보았다.

"그건 그렇고 구리타 군……. 나는 돈 한 푼 안 생기는 봉사 활동에 흥미가 없지만 아오이 양의 부탁이라면 안 들어줄 수 없지. 보여줄 테니 이쪽으로 가까이 와!"

"옙."

아마 시노부의 것이리라. 하얀 가운을 빌려 입은 구리타가 가네시게에게 다가갔다.

아오이와 가네시게가 아는 사이인 덕분에 상황이 무난하게 진행되었다.

구리타가 화과자 장인이라고 소개하자 요즘 젊은 사람이 대단하다며 가네시게는 흡족하게 웃더니 별사탕 제조 현장으로 안내해주었다.

공장 안은 창문을 반쯤 열었는데도 찜통이었다. 나란히 두

대가 자리를 잡고 있는 거대한 프라이팬 같은 가마, 동라는 낡았어도 손질을 꼼꼼히 하는지 세월이 느껴지는 은은한 은색으로 반짝였다.

동라 한 대는 움직이지 않았지만, 가네시게 앞의 동라는 비스듬하게 기울어진 상태로 열기를 받으며 느릿하게 회전하고 있었다.

그 안에서 대량의 별사탕이 자르륵자르륵 잔파도와 비슷한 소리를 내며 굴러다녔다.

갑자기 가네시게가 옆에 있는 용기에서 당밀을 국자로 뜨더니 위에 끼얹었다.

"……후앗!"

빠르다. 투실투실한 외형에서 상상도 할 수 없이 날렵한 동작에 구리타는 감탄했다.

"어이, 구리타 군. 봤지, 지금 내 움직임!"

"봤습니다!"

"멋있지? 이런다고 맛이 좋아지는 건 아니지만! 그래도 장인에겐 이런 것도 중요하거든!"

뭐야, 이 아저씨. 구리타는 조금 어이가 없었지만 이어지는 설명에는 내심 감동했다.

"이렇게 하지 않으면 요즘 젊은 사람들은 재미없어하니까.

장인의 실력이니 뚝심이니 하는 건 요즘 사람들이 이해하기 어려워. 이해하지 못하면 뒤도 이어주지 않지. 그러니까 이런 사소한 행동이라도 해서 가끔 어필하는 거야."

"……그렇군요."

"우리 업계는 후계자 문제가 심각하니까."

답답한 이야기를 하면서도 가네시게의 작업은 호쾌하고 망설임이 없었다.

밭을 가는 괭이와 닮은 거대한 주걱을 양손에 쥐고 별사탕을 서걱서걱 섞었다.

쏠림이 있는 부위를 가늠해 주걱을 푹푹 찔러 넣는 그 솜씨는 호탕해 보이지만 매우 섬세했다.

하루에 1밀리미터씩 커진다고 했으니 아오이는 이런 끈덕진 작업을 2주 이상 계속한 셈이다.

"별사탕이 동라 안에서 내는 소리도 그렇지만 만드는 공정 자체도 밀려왔다 밀려가는 파도 같아요."

구리타 옆에서 아오이가 황홀경에 사로잡혀 말했다.

"심이 되는 싸라기설탕을 넣고 당밀을 뿌려 뒤섞고 또 뒤섞으면서 전체 상태를 다듬어 크게 만들어간다……. 끈기가 필요한 작업이지만 이렇게 해서 별사탕의 사랑스러움을 키워나간다고 생각하니까 기분이 막 좋아져요."

"그 말이 맞아, 아오이 양! 어떤 의미에서 육아와 비슷하지."

호쾌하게 고개를 끄덕이며 가네시게가 말했다.

"사랑을 주면 응답을 해줘. 소홀히 하면 외면하고. 어느 한쪽으로 쏠리는 것도 좋지 않지. 이런 작업은 옛날부터 전해져 내려오는 방식에 따라 차분히 하는 게 최고라고."

"그럼요."

"그런데 그놈은……."

갑자기 가네시게의 얼굴이 괴로움으로 일그러졌다.

"대체 왜 그렇게 된 걸까……. 반년 전까지만 해도 둘이 나란히 서서 별사탕을 키웠어. 단조로운 작업이라도 옆에 아들놈이 있으니 가슴이 뛰었지. 그야 싸움을 하긴 했지만 대체 왜 저렇게까지 됐을까."

가네시게의 목소리가 슬펐다. 체형이 단단하다 보니 슬픔과 대조되어 인상적이었다.

나란히 놓인 동라 두 대 중에 외로이 움직이지 않는 쪽이 아들의 것이었다.

아버지와 180도 다르게 비즈니스 엘리트 같았던 모습을 떠올리며 구리타가 물었다.

"예전에는 어땠나요? 아드님은."

"하아, 시노부는 원래 이론을 따지기 좋아하는 구석이 있긴

했어. 그래도 제가 할 일은 제대로 하는 놈이어서 게으름 피우지 않고 매일 별사탕을 만들었지. ……그런데 지금은 아니야."

가네시게는 자조적인 표정으로 신음했다.

"이제 동라 근처에 오지도 않아. 그러기는커녕 집에 붙어 있기도 싫어하지."

"그 말씀은?"

"아까 봤잖아. 시노부 놈, 그런 양복이나 빼입고 종일 놀러 다녀. 바나나처럼 샛노란 차를 타고 돌아다니느라 요즘엔 외박도 잦고. 아마 여자 집을 전전하고 있겠지."

성실한 인상이었는데 사실은 경박한 남자일까? 구리타는 위화감을 느꼈다.

가네시게는 씁쓸한 표정으로 한동안 묵묵히 일에 몰두하다가 다시 무거운 입을 열었다.

"……뭐, 시노부의 기분도 모르는 건 아니야. 별사탕은 시대에 뒤떨어진 물건이니까. 이렇게 갖은 공을 들여 만들어도 큰돈을 벌지 못하고. 부자 둘만 사니까 생활에 지장은 없지만 아직 젊은 시노부에게는 부족하겠지."

20년 전, 가네시게는 아내를 먼저 떠나보내고 재혼하지 않았다. 당시 초등학생이었던 아들 시노부와 함께 이웃의 도움을 받으며 이인삼각으로 지금까지 살아왔다.

즉, 가네시게의 제과 기술을 물려받을 후계자는 시노부뿐이었다.

"그래, 이것도 시대의 흐름이야. 어쩔 수 없지."

"가네시게 씨."

"별사탕은 내 대에서 끝나는 거야……."

목에 매단 총탄 형태의 펜던트를 만지작거리면서 등을 둥그렇게 구부린 가네시게의 거구는 지금까지보다 현저히 작아 보였다.

*

"그럼 가네시게 씨. 오늘은 이만 가보겠습니다."

"또 언제든지 오게나, 아오이 양! 구리타 군!"

가네시게 제과 공장을 나온 구리타와 아오이는 가네시게가 문을 닫는 것을 확인한 후, 얼굴을 마주 보고 한숨을 쉬었다. 그럴 수밖에 없었다.

아들을 향한 불만을 한차례 퍼부은 후, 가네시게는 갑자기 얼굴 근육의 힘만으로 억지로 웃으며 움직이지 않던 다른 동라를 가동했다.

구리타에게 별사탕의 심인 싸라기설탕을 투입하라고 시키

더니 완성되기까지 2주쯤 걸린다고 말했다.

"당밀은 내가 뿌려두마. 마음 내킬 때 보러 와도 좋아. 별사
탕을 키우는 재미가 뭔지 알 수 있을 테니까."

그렇게까지 말하니 반쯤 강제적으로 경과를 보러 가기로 했
는데, 솔직히 양손 번쩍 들고 기뻐할 순 없었다.

"가네시게 씨, 무리하셨죠……."

옆에서 나란히 걷고 있는 아오이의 말에 구리타는 고개를
끄덕였다.

"그렇게 할 수밖에 없는 기분이겠지. 나도 그 마음을 알 것
같아. 시간을 내서 또 와야겠어."

"네."

가네시게 본인이 자각하고 있을지 모르겠으나, 그에게는 마
음을 의지할 곳이 필요했다. 호쾌한 성격처럼 보이지만 아들
과의 불화로 인한 적막감과 불안감이 그의 태도 곳곳에서 여
실히 보였다.

지금도 공장 안에서 혼자 고독하게 별사탕을 뒤섞고 있을
가네시게를 상상하자 가슴이 욱신거렸다.

다시 한숨을 내쉬다가 분명 옆에서 걷던 아오이가 보이지
않는 것을 깨달았다.

"아오이 씨……?"

당황해서 주변을 둘러보자, 아오이는 공장 옆의 주차장 앞에서 턱을 쥔 채 서 있었다.

달려가보니 아오이는 주차장 안의 화려한 노란색 쿠페를 바라보고 있었다.

이 쿠페가 그건가 보다. 가네시게의 표현을 빌리면 '시노부가 놀러 다닐 때 사용하는 바나나처럼 샛노란 차'였다.

"아오이 씨, 뭐가 이상해?"

"음, 아니요. 화려하고 화사한데 좀 신경이 쓰여서요. 확실히 많이 놀러 다니는 사람의 차 같긴 해요."

"어떤 점이?"

"자, 여기요. 흙이 잔뜩 묻었어요."

타이어 휠과 주변을 둘러싼 펜더 부분에 마른 흙이 잔뜩 붙어 있었다.

"오프로드 레이스라도 하신 걸까요?"

재미있는 발언에 구리타는 웃으면서 아니라고 손을 저었다.

"논다는 건 그런 의미가 아니야. 게다가 쿠페로 그런 걸 했다간 차가 금방 망가질 거야. 오프로드 레이스는 더 튼튼한 차나 오토바이로 해야 하거든. 이건 그냥 튀어서 들러붙은 진흙이야. 보닛에도 반점처럼 튄 걸 보니 비가 오는 중에 달린 것 같아."

그렇게 말한 구리타는 오늘 날씨가 계속 맑았다는 사실을 떠올렸다.

간사이 지방에 큰비를 내린 저기압이 내일은 간토로 이동합니다. 아침 일기예보에서 분명 이렇게 말했는데 아직 날이 맑았다.

도쿄에 비가 내린 것은 일주일 이상 전이다. 차를 이대로 내버려둔 시노부는 겉보기와 달리 칠칠하지 못한 성격인가 보다.

구리타가 이렇게 자기 생각을 말하자 쿠페를 살피던 아오이가 뜬금없이 물었다.

"그런데 구리타 씨는 어떤 차를 좋아하세요?"

"나?"

"혹시…… 버기카?*"

왜 갑자기 버기카. 구리타는 눈을 깜빡이고 머리를 대충 헤집으며 대답했다.

"음, 딱히……. 나는 차보다 오토바이 쪽이라서. 아오이 씨는 버기카 좋아해?"

"언젠가 타보고 싶어요."

동그란 눈을 빛내며 아오이가 긍정했다.

"역시 차는 와일드해야 멋있으니까요. 상상해보세요…….

* 모래땅이나 고르지 못한 곳에서 달릴 수 있게 만든 자동차.

석양을 등지고 당당하게 달리는 초중량급 버기카. 그 차를 타고 즐겁게 웃는 저랑 구리타 씨. 좋지 않아요?"

"어, 어어……."

이 사람, 외모는 청초한데 사자나 버기카처럼 약간 우악스러운 걸 좋아하는구나. 구리타는 뺨을 붉혔다.

보통면허로 버기카를 탈 수 있던가? 이런 생각을 하는데 뒤에서 목소리가 들렸다.

"뭐 하시는 겁니까?"

"으악!"

뒤를 돌아보니 가네시게의 아들 시노부가 불쾌한 표정으로 이쪽을 지켜보고 있었다.

"……제 차에 장난은 치지 마시죠?"

헛기침을 하며 경고하는 시노부는 키가 크고 마른 몸에 까만 양복이 완벽하게 잘 어울려서 도저히 별사탕 장인처럼 보이지 않았다. 물론 자신도 남 말 할 처지는 아니라고 생각하면서 구리타는 군복 재킷의 매무시를 고치고 대답했다.

"아무 짓도 안 했습니다. 그냥 구경을 좀."

"그럼 됐지만요. 그런데 두 분, 아버지 상태는 어땠습니까?"

"네……? 그야 당연히 화를 내고 계십니다만."

"아, 아니요. 그게 아니라."

시노부는 잠시 망설이다가 고개를 들고 목소리를 낮췄다.

"우리 아버지, 협심증 때문에 심장이 안 좋아요. 저 체구에다가 고혈압이니까 어쩔 수 없긴 해도……."

관동맥의 혈류가 부족하면 심장에 산소가 충분히 공급되지 않아 심각한 통증과 압박감이 생긴다. 대충 설명하면 협심증은 그런 병이라고 시노부가 말했다.

"그러니까 너무 심한 스트레스는 안 줬으면 좋겠어요. 별사탕 제조법에 흥미가 있는 건 알겠는데 문자로 미리 약속을 잡으면 안 될까요? 필요한 컨센서스도 얻지 않고 아버지를 무리하게 하지 말아주셨으면 합니다."

무슨 말도 안 되는 소린가 싶어 구리타는 미간에 주름을 잡고 물었다.

"……그렇다면 시노부 씨, 그쪽은 왜 그런 짓을 했습니까? 아버님의 별사탕을 길에 내다 버리다니. 스트레스라면 당신 쪽이 더 스트레스잖아."

지극히 마땅한 지적에 시노부의 눈동자가 순간 흔들렸다.

"그건…… 어쩔 수 없는 사정이."

"어쩔 수 없다는 말로 다 해결되면 세상이 참 평화롭겠지. 그쪽 아버님도 말씀하셨는데, 당신은 발언과 행동이 뒤죽박죽이어서 하나도 설득력이 없어. 차를 타고 놀러 다닐 상황이 아니잖아요?"

"……읏!"

시노부의 표정이 험악해졌다. 구리타에게 얼굴을 불쑥 들이대고 똑바로 노려보았다.

"당신이 뭘 안다고 그런 소릴 합니까?"

"잘은 모르지만 할 말은 해야겠어."

둘은 서로 얼굴을 빤히 노려보았고, 옆에 선 아오이는 마음이 안 놓이는지 발을 동동 굴렀다. 먼저 시선을 돌린 것은 시노부였다.

"……미안하지만 지금부터 일이 있어서. 실례하겠습니다."

굳어진 표정으로 말한 시노부는 공장과 반대 방향으로 걸어 사라졌다.


가네시게 제과에서 역으로 돌아오는 도중, 구리타와 아오이는 가네시게 부자의 문제를 토론했다.

공장에 자주 다니다가 아버지 쪽과 친해진 아오이도 시노부와는 거의 대화를 나누지 않았다. 설마 저런 사람인 줄 몰랐다며 곤란한 표정으로 말했다.

"아버님과 아드님, 잘 지내시면 좋겠어요……."

"아아. 그런데 성격적으로 물과 기름 같아."

게다가 시노부에 관해서는 납득이 가지 않는 점이 있었다. 그의 태도 말이었다.

아버지의 몸을 걱정하면서 별사탕을 싫어할 수 있을까? 게다가 길에 별사탕을 내다 버리는 짓을 하며 불만을 표출하는 사람으로 보이지 않았다.

그런 대화를 나누며 둘은 전철을 탔다.

아오이는 니시닛포리 역에서 다른 전철로 갈아탄다고 해서 중간에 헤어지기로 했다.

"그럼 구리타 씨. 별사탕이 잘 자라는지 또 보러 가요."

"응. 그날은 비워둘게."

"간다면 휴일인 목요일이 좋겠죠. 그럼 또 그 가게에서!"

손을 흔들어 아오이와 헤어진 뒤, 구리타는 시계를 보고 심호흡을 했다.

오늘은 지금부터 할 일이 또 하나 있었다. 힘에 부치는 상대지만 피할 수 없다. 약속에 늦지도 이르지도 않은 딱 좋은 시간이었다.

＊

해가 거의 저물어 어둠과 정적이 자욱한 아사쿠사 신사 경내에는 참배객은 물론이고 만나기로 한 상대도 없었다.

이 자식, 지각이냐. 구리타가 괜히 고마이누를 노려보았을 때, 도리이* 쪽에서 목소리가 들렸다.

"내가 좀 늦었다, 구리타 똥개."

참신한 독설을 하며 다가온 아사바 료는 신전 앞에 있는 고마이누 옆에 멈춰 서서 앞머리를 아니꼽다는 듯 쓸어 넘기고 구리타를 바라보았다.

"일부러 문자를 보내 불러내다니, 용건이라도 있어?"

이쪽을 깔보는 것 같은 아사바의 질문에 구리타는 무뚝뚝하게 대답했다.

"한 방 날려야겠다 싶어서."

아사바의 우아한 턱이 살짝 긴장했으나 금방 불손한 여유를 되찾고 손가락을 딱 울렸다.

"좋아. 오랜만에 하자, 싸움."

아사바는 양팔을 축 늘어뜨렸다.

"갑자기 왜 그럴 마음이 들었는지 모르겠지만……. 뭐, 기분 나쁜 일이라도 생겨서 스트레스 발산이라도 하고 싶은가 봐? 나는 상관없어."

---

* 일본 신사의 입구에 세우는 두 기둥의 문.

아사바는 얼핏 무방비해 보였지만 그 자세는 녀석의 특기 전법이었다. 도발에 넘어가 달려드는 상대의 다리에 날카로운 로킥을 먹이고 움직임이 멈춘 순간을 노려 무차별하게 걷어 찬다.

"하지 마. 충동적인 착각은 하지 말라고. 날린다고 했지만 주먹이 아니라 입으로 할 거야. 그러니까 말의 폭력이야."

"엥, 뭐라고? 말싸움이라도 하고 싶어?"

아사바가 노골적으로 킬킬거렸다.

"독설로 나를 이길 수 있겠어? 마메다이후쿠*를 너무 많이 만들어서 머리가 팥 덩어리라도 됐냐?"

"닥쳐."

말과 동시에 구리타는 걸음을 내디뎠다. 순식간에 거리를 좁혀 아사바의 사정거리로 들어가 줄곧 생각하고 있던 그 말을 근거리에서 그의 얼굴에 대고 했다.

"……고맙다."

"응?"

콧등에 강렬한 한 방을 맞기라도 한 듯이 아사바는 눈을 크게 뜨고 굳어졌다.

---

\* 완두콩이나 대두가 들어간 떡 반죽 안에 팥소를 채워 넣은 화과자.

구리타는 무뚝뚝한 얼굴로 뺨을 긁으며 쑥스러움을 꾹 참고 말했다.

"그…… 일단 고맙다고 말해둬야겠다 싶어서. 이를테면 매듭을 짓는 거지."

"무슨 소리야."

"별사탕 말이야."

영 내키지 않는 표정으로 구리타는 말했다.

"……오늘 아오이 씨한테 듣고 지금까지 네가 보인 태도를 간신히 이해했어. 그거지. 스위치가 켜졌다느니 뭐니 했지만 다 방편이었어. 그렇지 않다면 일부러 아오이 씨가 별사탕을 만들게 도왔을 리가 없지."

그 별사탕은 구리타에게 주는 선물이었으니 말이다.

"무슨 말이 하고 싶은데?"

아사바가 꼼짝도 하지 않고 되물었다. 구리타는 얼굴을 찡 그리고 뒤통수를 긁었다.

"아니, 그러니까 너…… 나를 채찍질해준 거잖아? 멍청히 있으면 빼앗아가겠다는 식으로 나를 자극해서. 물론 처음에는 진짜로 열받았는데 지금은 감사하고 있어. 네 녀석 덕분에 나도 마음을 정했어."

수면에 떨어진 이슬이 만들어낸 파문과도 같은 침묵이 서서

히 퍼지더니 얼마 지나지 않아 사라졌다.

"……그러냐."

마침내 아사바가 입술을 누그러뜨리며 숨을 내쉬었다.

"거기까지 꿰뚫어 봤다면 잡아떼도 소용없겠지……. 맞아, 정답이야."

"역시."

"그래서? 어떤 결정을 내렸는지는 경쟁자였던 인연으로 굳이 묻지 않겠다만, 구체적으로 뭘 할 생각이야?"

"뭐라니?"

"뭔가 행동을 할 거 아니야, 아오이 씨한테."

"아아……. 해야지. 곧 산자마쓰리잖아? 거기서 그…… 그러니까. 아오이 씨한테 내 마음을 전하려고 해. 머뭇거리기만 하는 건 내 취미에도 안 맞아. 축제 열기를 틈타 정면으로 도전할 거야."

그러자 아사바는 입가에 기쁜 미소를 지었다.

"그러셔."

"……반응이 너무 담담하다!"

"뭐, 딱히 내가 참견할 문제는 아니잖아. 그러기로 했으면 하면 돼. 네 머리로 생각해서 네 의지로 결론을 내린 거니까."

아사바가 한 말치고는 드물게 이의를 제기할 수 없는 정론

234

이어서 구리타는 그도 그렇다고 고개를 끄덕였다.

"그래도 한 가지만 말해두자면……."

갑자기 아사바가 말끝을 흐리더니 말할지 말지 주저한 끝에 차분하게 말했다.

"……전부 다 방편이었던 건 아니야. 본심도 조금은 섞여 있었어. 너랑 아오이 씨가 아무 사이도 아니었다면 절대 손가락만 빨진 않았을 거다. 우리 가에데를 위해서 그렇게 정성을 쏟아준 사람이니까. 게다가 미인에 성격도 좋다니, 그런 사람은 웬만해선 없어."

"없지."

긍정한 후, 구리타는 조금 목소리를 가라앉혔다.

"사실…… 나도 그런 느낌이긴 했어."

무슨 뜻인지 아사바는 알아들었을 것이다.

아사바의 마음도 진심이었다.

이제 완전히 밤기운에 안긴 신사 경내에서 둘은 말없이 마주 보았다.

이 녀석과는 오래 알고 지냈다. 무슨 말을 하고 싶은지, 무슨 생각을 하는지 가까이에서 마주 보고 있으면 대충 짐작이 간다. 지금 둘의 세계에 말은 필요 없었다.

긴긴 침묵의 시간이 흐른 뒤, 누가 먼저라 할 것도 없이 고개를 끄덕여 팽팽한 긴장을 풀었다. 얽히고설킨 많은 것이 녹아 어둠 속으로 흩어졌다.

먼저 입을 연 쪽은 아사바였다.

"쳇, 어울리지도 않게 진지해졌네."

"돌아갈까."

"그래."

구리타와 아사바는 신사 도리이를 향해 어깨를 나란히 하고 터벅터벅 걸었다. 만족감이나 성취감과는 다른, 말로 표현하기 어려운 뿌듯한 기분이 둘을 충족해주었다.

"아, 맞다."

갑자기 아사바가 도리이 조금 앞에서 오른쪽으로 꺾었다.

경내 출입구 부근에 멈춰 서서 난간 너머의 새까만 비석을 가리켰다.

"구리타, 저거 기억하냐?"

"……당연하지."

문득 추억이 떠올라 구리타의 가슴이 그리움으로 빼곡히 채워졌다.

학창 시절부터 아사바와는 셀 수 없이 싸웠는데, 싸움이 너무 심각해져서 손 쓸 방도가 없을 때면 그의 여동생 가에데가 안경을 번쩍번쩍 빛내며 끼어들었다. 가에데는 이 시커먼 비석 앞으로 둘을 데리고 와 화해하라고 설교했다.

비석에는 '우정은 언제까지나 보물'이라는 말이 새겨져 있었다.

흔한 말이지만 왠지 가슴에 스며들었다.

이것은 유명한 만화 《여기는 잘나가는 파출소》*의 발행 부수가 합계 1억 3천만 부를 넘어선 기념으로 만들어진 비석이다. 주인공인 순경이 아사쿠사 출신인데, 어렸을 때 이 신사에서 자주 놀았다는 에피소드가 팬들 사이에서 인기가 있다.

구리타도 예전에 읽은 기억이 있다.

어린 시절 친구끼리 회화나무 뿌리 근처에 보물인 팽이를 묻는다. 두 사람의 우정을 상징하는 것이며 어른이 되어서 서로 어떤 처지가 되더라도 우정은 변하지 않는다는 표현이다.

구리타가 약속 장소를 신사로 정한 이유는 밤이면 참배객이 없으니까 서로 알아보기 쉬워서였지만 본의 아니게 이런 상황과 마주할 줄이야.

---

\* 원제는 '여기는 가쓰시카 구 가메아리 공원 앞 파출소'로, 가메아리 공원 앞 파출소에서 근무하는 순경을 주인공으로 그의 동료와 주변 인물들이 벌이는 좌충우돌 개그 만화. 작가는 아키모토 오사무로, 1976년부터 지금까지 일본의 만화 잡지 〈주간 소년 점프〉에서 연재되고 있다. 애니메이션, 드라마, 영화, 연극, 게임으로도 만들어졌다.

구리타는 말로 표현할 수 없는 감동을 느꼈다.

악연, 기이한 인연, 빌어먹을 인연.

자신과 아사바의 관계를 표현하는 단어는 많지만 지금은 아무래도 좋았다.

분명한 것은 앞으로도 이 관계가 이어진다는 사실, 그리고 이대로도 나쁘지 않다고 생각한다는 사실…….

아니, 나쁘지 않은 정도가 아니다.

제법 괜찮다고 구리타가 말하려는 찰나 갑자기 아사바가 돌아보더니 선수를 쳤다.

"아, 촌스러운 대사 금지야."

"……누가 한대냐, 그런 소리!"

*

태풍이 다가오나 보다.

시코쿠와 긴키는 어제부터 날이 몹시 궂은데 도쿄는 아직 맑았다.

구리타와 아오이가 별사탕 성장 상태를 보러 가네시게 제과를 다시 찾은 날은 화창한 목요일 오전이었다.

처음 간 날로부터 사흘이 지났으니 3밀리미터가 커졌을 것이다. 구리마루당은 오늘 정기 휴일이어서 시간 여유가 충분하니까 오래 머물면서 도와야겠다는 대화를 나누며 구리타와 아오이는 느긋하게 걸어 별사탕 공장에 도착했다.

"안녕하세요, 가네시게 씨."

출입구에서 아오이가 몇 번이나 불렀지만 대답이 없었다.

"뭐지? 외출했나?"

"그런데 동라가 움직이는 소리가 들려요."

게다가 미리 전화로 연락도 해두었다. 이상했다.

구리타와 아오이는 작은 창에서 들어오는 자연광이 유일한 광원인 어두컴컴한 공장 안으로 들어갔다.

완만하게 회전 중인 기울어진 동라 안에서 별사탕 알갱이가 낮은 곳으로 흐르며 내는 잔파도 비슷한 소리가 이상하리만치 의미심장하게 들렸다.

곧 예상에서 벗어난 광경을 목격한 구리타는 오싹 소름이 끼쳤다.

"……가네시게 씨?"

눈앞에 벌러덩 쓰러져 누운 가네시게의 거구가 있었다.

"괜찮으세요!"

"우…… 으윽."

황급히 다가가보니 가네시게는 얼굴 가득 진땀을 흘리며 괴로워했다.

구리타가 안아 일으키려고 하자, 가네시게가 힘들게 한쪽 손을 들어 올렸다. 떨리는 그 두툼한 손가락 너머에 체인 달린 탄환이 바닥에서 뒹굴고 있었다.

구리타가 이상하게 여기던 찰나, 아오이가 깨달음의 비명을 질렀다.

"그렇구나!"

후다닥 뛰어간 아오이는 탄환을 주워 뚜껑을 열었다.

안에 든 알약을 꺼내 얼른 가네시게의 입에 넣어주었다.

"아오이 씨, 그건……."

"약이요. 아마 발작으로 쓰러지시다가 펜던트의 체인이 끊어져서 굴러갔겠죠."

구리타도 금방 알아차렸다.

당황해서 탄환으로 보였을 뿐이지 그것은 가네시게가 목에 걸고 있던 펜던트였다.

전에 시노부가 말하길 아버지가 협심증을 앓고 있다고 했다. 펜던트는 언제 일어날지 모르는 심장 발작을 진정시켜주는 약을 넣어두는 통이었나 보다.

약 효과가 금방 나타나서 가네시게의 용태도 곧 안정을 찾았다.

구리타의 도움을 받아 상반신을 일으킨 가네시게는 책상다리를 하고 앉아, 물놀이를 하고 난 짐승처럼 고개를 털고 안도의 숨을 내쉬었다.

"……후우. 고맙네. 덕분에 목숨을 건졌어."

"아닙니다, 무사하시니 정말 다행입니다. 아직 무리하지 마세요."

"이 약은 더 튼튼한 통에 담아야겠어요."

일단 목숨에 지장이 없으니 천만다행이었다. 그렇게 생각하며 가슴을 쓸어내리는 구리타와 아오이에게 가네시게는 기묘한 소리를 했다.

"……과연 그럴까."

"네?"

가네시게는 고개를 숙이고 더듬더듬 중얼거렸다.

"무사하지 않아도 상관없지 않았을까……? 내가 없어진다고 해서 곤란할 사람도 없으니. 나도 별사탕도 요즘 세상에는 무용지물이야. 피가 이어진 아들놈조차 필요 없다고 하니까."

"그게 무슨 말씀이십니까."

분개하는 구리타의 말을 이어받아 아오이가 다정하게 타일렀다.

"그냥…… 그냥 해보신 말씀이죠, 가네시게 씨? 아버지를 소

중하게 여기지 않는 아들이 어디 있겠어요. 별사탕을 좋아하
는 사람도 얼마나 많은데요. 이를테면 저나."

"나도."

구리타의 말에 가네시게는 눈꺼풀을 반쯤 감고 기운 없이
웃었다.

"괜찮아, 그리 마음 쓰지 않아도 돼……. 사실 나도 알고 있
거든. 나나 내가 만드는 별사탕은 지금 시대에 어울리지 않아.
아무리 성실하게 만들어도 품질을 알아주는 이가 하나 없는데
그게 무슨 의미가 있겠어. 이렇게 아무도 모르는 사이에 이 세
상에서 사라지는 거야."

"가네시게 씨……."

"지금까지 잘도 끈질기게 버텼다 싶어. 별사탕이 구닥다리
란 건 예전부터 알고 있었어. 내가 어렸을 때부터."

옛날 생각이 떠오른다고 가네시게는 슬픈 눈으로 말했다.


쇼와 시대.* 지금보다 삶은 불편했으나 모든 면에서 느긋했
던 시절.

당시 중학생이던 가네시게 리키야는 방과 후 매일 이 공장

* 1926년 12월 25일부터 1989년 1월 7일까지 쇼와 일왕이 통치한 시기.

에서 아버지에게 별사탕 제조법을 배웠다.

"어이, 리키야. 대충대충 하면 안 된다. 전체를 더 골고루 섞어야지!"

"……알았다니까. 귀에 못이 박히겠어."

중학생인 가네시게는 입술을 삐죽이며 대꾸했다.

동라 안의 별사탕에 당밀을 뿌리며 끝없이 휘젓는 작업은 지루했다. 게다가 아버지에게 야단을 맞으니 재미있을 리 없었다.

그래서 이마에 땀을 흘리며 별사탕 제조에 열을 올리는 아버지에게 충동적으로 비난 섞인 말을 하고 말았다.

"아버지도 참 특이하다. 이따위 설탕 덩어리보다 훨씬 맛있는 과자가 이 세상에 얼마나 많은데."

"뭣이?"

"초콜릿이나 캐러멜 같은 서양과자가 훨씬 맛있잖아. 별사탕은 시대에 뒤처졌어. 앞으로 아무도 찾아주지 않아서 사라지고 말 거야."

"……리키야."

잠깐의 침묵 후, 아버지가 흠칫할 정도의 진지한 눈빛으로 가네시게를 바라보았다.

"정말 그리 생각하느냐?"

"아, 아아……. 생각하다마다!"

본심은 아니었지만 오는 말이 고와야 가는 말이 고운 법이다. 속으로 벌벌 떨면서도 가네시게가 오기를 부리자 아버지는 "그러냐" 하고 침울하게 말했다.

"……그럴지도 모르지. 일본은 지금 무섭도록 빠른 속도로 변하고 있으니까."

"아버지……?"

"그렇지만 말이다."

아버지가 갑자기 옆을 돌아보고 말했다.

"별사탕처럼 사랑스러운 존재까지 사라진다면…… 이 세상도 끝이야. 그렇게 여유가 없는 세상만은 절대 되지 않길 바란다. 사라지지 않았으면 해……."


그렇게 말하는 아버지의 쓸쓸한 얼굴을 지금도 잊을 수 없다. 가네시게는 신음했다.

다른 직업을 가지려고 생각한 적도 있지만 그때의 광경이 자꾸만 되살아나서 결국 공장을 물려받았다.

"그때 나는 젊고 건강했으니 온몸에 힘이 넘쳤지. 두려울 것 하나 없었고……. 그러나 그 이상으로 다른 사람의 아픔에 둔감했어."

가네시게는 잔뜩 구겨진 얼굴을 손으로 꾹 눌렀다.

"그때 아버지의 일을…… 인생을 부정하는 소리를 해댔으니 얼마나 슬프셨을까. 지금 똑같은 처지가 되고서야 그걸 깨달았어. 인과응보가 이런 거겠지. 정말이지 뿌린 대로 거두는 법이야."

"가네시게 씨……."

"제기랄……."

얼굴을 감싼 가네시게의 두꺼운 손가락과 손가락 사이에서 물방울이 뚝뚝 떨어졌다.

가슴 아린 광경을 바라보며 구리타는 주먹을 움켜쥐었다.

시노부인지 뭔지 하는 시커먼 양복쟁이 놈. 네놈은 아버지가 어떤 기분인지도 모르고.

싸늘한 분노가 차올랐다.

교통사고로 부모님을 잃은 이래 구리타는 수도 없이 후회했다. 아버지가 건재할 때 가게를 이었으면 좋았을 것이다. 그랬다면 어머니도 기뻐했을 텐데.

아무리 무탈하고 건강하더라도 사람은 어떤 계기로 어느 날 갑자기 사라질 수 있다. 시노부는 그 사실을 이해하지 못하고 있다.

그때 갑자기 밖에서 차 소리가 들렸다.

후진하는 소리가 공장 옆의 주차장에서 들려왔으니 분명 시노부가 돌아온 것이리라.

구리타의 발이 자연히 그쪽을 향했다. 아오이가 머뭇거리며 뒤를 따라왔다.

공장을 나와 주차장 바로 앞에서 샛노란 쿠페에서 내린 시노부와 딱 마주쳤다.

"당신들 또 왔어요?"

시노부는 구리타와 아오이를 쳐다보고 불쾌함을 드러내며 혀를 찼다.

"일전에 말했을 텐데, 공장을 방문하려거든 나랑 약속을 잡아줘요. 이런 건 컨센서스를 얻는 프로세스가 필수 불가결하잖아요?"

공허한 말을 흘려듣고 구리타는 물었다.

"……지금까지 어디에서 놀다 왔습니까, 시노부 씨."

"당신이랑 무슨 상관인데요. 말해두겠는데 놀러 다니지 않았어요. 비즈니스에서는 문제 해결보다 문제를 발견하는 것이 중요해요. 공장에 틀어박혀서 일만 하면 새로운 기획을 절대 도출하지 못하니까요."

구리타는 순간 이를 악물었다.

"시노부 씨, 말장난도 좋은데 당신이 여기 없는 동안 아버님은……."

"시간 낭비입니다. 나는 내 방식이 있으니까 끼어들지 말아줘요. 그보다 당신, 뭐 하는 사람인데? 우리 아버지한테 알랑거리면서 컨설팅 흉내라도 내려고? 말해두겠는데, 베스트 프랙티스는 프로인 사람들만이……."

"입 닥쳐어어어어어!"

인내심의 한계를 넘어섰다.

바로 코앞에서 구리타의 분노를 뒤집어쓴 시노부는 새파랗게 질린 얼굴로 움츠러들었다. 뱀 앞의 개구리처럼 얼어붙어 이를 딱딱 울렸다.

"꼬부랑말일랑 집어치워. 시노부 씨, 남자라면 행동으로 자기 의지를 표현하라고. 댁이 놀러 다니는 동안에 아버님이 발작 때문에 죽을 뻔했다고!"

"엇……."

시노부의 눈이 크게 벌어졌다. 몇 초 후, 공포로 덜덜 떨면서도 걱정스럽게 물었다.

"저, 정말입니까……?"

"그래."

시노부의 태도를 보자 구리타의 분노도 가라앉아 평소의 침착함을 되찾았다.

아버지를 걱정하는 마음이 있다면 설득할 여지가 있다.

"지금은 약을 먹고 진정하셨으니까 괜찮아요. 그런데 시노부 씨, 나도 잘난 척할 처지는 절대 못 되지만 아버님이랑 좀 어떻게 안 되겠습니까?"

"그건……."

"무슨 원인으로 사이가 틀어졌는지는 몰라요. 그래도 속을 터놓고 말한다면, 그야말로 댁이 말하는 프로인 사람들이 낼 수 있는 베스트 프랙티스가……."

구리타가 열변을 토하는 도중에 시노부는 뭐라고 말하려고 했으나 그냥 입을 다물고 말았다. 이런 불분명한 태도가 도통 이상했다.

그때, 지금 상황과 어울리지 않는 맑은 목소리가 당당하게 울렸다.

"아!"

뒤를 돌아보니 아오이가 시노부의 차 앞문의 유리 너머로 안을 훔쳐보며 얼굴을 손으로 감싸고 있었다.

"그렇구나……. 아아, 그랬던 거였군요!"

아오이는 상기된 뺨으로 잔뜩 흥분해서 몇 번이나 고개를 끄덕이더니 몸을 앞으로 기울여 지면을 응시하고 주변을 배회하기 시작했다.

청초한 미인이 갑자기 의미 모를 행동을 시작했으니 시노부는 놀라서 입을 떡 벌렸다.

이런 상황에 다소 익숙한 구리타가 황급히 아오이에게 다가가 물었다.

"아오이 씨, 무슨 일이야?

"그게요, 시노부 씨의 태도가 계속 마음에 걸렸는데 지금 차를 살펴보고 드디어 그 이유와 사건의 진상을 알아냈어요!"

당연히 눈이 동그래진 구리타에게 아오이는 확신 가득한 말투로 단언했다.

"시노부 씨는 놀러 다니신 게 아니에요. 왜냐하면 일부러 간사이 지방까지 놀러 가겠어요?"

"어? 간사이……?"

"이제 물증만 발견하면……."

땅에 닿을락 말락 얼굴을 댄 자세로 주차장을 나와 길가로 가는 아오이가 무슨 생각을 하고 있는지 구리타도 이해하기 어려웠다.

일단 차를 가까이에서 살폈으나 전과 달라진 점은 보이지 않았다.

타이어 휠과 펜더 부분에 마른 흙이 붙었고 보닛은 자잘한 얼룩무늬로 지저분했다.

차는 새것 같은데 주행계를 보니 10만 킬로미터 가까이 달렸다고 나와서 조금 의외였다. 시노부가 부지런히 정비하는 타입은 아닌 것 같으니 고장이 날 날도 머지않았다.

그나저나…… 아오이는 지금 시노부가 보이는 이상한 태도의 이유를 알아냈다고 했다. 차를 보고 어떻게 알았을까?

구리타가 관자놀이를 문지르고 있을 때, 뒤에서 들뜬 목소리가 들렸다.

"찾았어요!"

화창하게 웃음꽃을 피운 아오이가 가는 손가락에 쥔 것은 아주 작고 까만 덩어리였다. 구리타는 눈을 가늘게 떴으나 뭔지 판별하지 못했다.

"그게 뭐야, 진흙……?"

"아니요, 이건요."

설명하려고 아오이가 입을 뗀 순간, 갑자기 공장에서 가네시게가 버거운 거구를 주체하지 못하며 나타났다.

고통스러운 표정이었다. 숨을 헐떡였고 걸음은 둔중했으며 왼쪽 가슴을 손으로 꾹 누르고 있었다.

"적당히 하지 못하겠냐……. 낮부터 시끄럽게 떠들면…… 옆집에 폐가 되잖아."

"아버지."

"시노부."

신음하며 아들을 부른 가네시게는 비통하게 얼굴을 찡그리고 말했다.

"시노부, 너는……. 그렇게 나를…… 괴롭히고 싶은 게냐!"

비명처럼 외친 직후, 가네시게의 숨이 불규칙해졌다. 등이 굽어지고 눈이 뒤집힌다 싶더니 얼굴이 지면을 향한 채로 쓰러졌다.

쿠웅. 둔탁한 소리가 들렸다. 시노부와 아오이의 비명이 울렸다.

구리타가 튕기듯이 움직였다. 가네시게를 안아 목에 건 통의 뚜껑을 열었으나 안은 이미 텅 비었다.

낭패해 넋이 나간 시노부에게 예비 약을 가져오라고 명령하고 구리타는 구급차를 불렀다.

*

평온한 정적, 창 너머로 따뜻한 햇볕이 들어왔다.

잠에서 깬 가네시게는 눈이 부셔 얼굴을 찡그리고 잘 들리지 않는 신음을 흘렸다.

여긴…….

막 각성한 몽롱한 머릿속으로 지금 자신이 처한 상황이 천천히 떠올랐다.

그날, 시노부를 야단치다가 혼절한 가네시게는 구급차를 타고 가까운 병원으로 옮겨졌다.

다행히 위험하진 않았다.

피로와 스트레스가 쌓인 것이 원인이라고 진단받고 수액을 맞아 몸은 일단 편해졌는데, 불안정 협심증일 우려가 있으니 정밀 검사도 받아야 한다.

입원 접수는 아들 시노부가 멋대로 했다고 하는데.

웃기지 말라지.

입을 꾹 다물고 가네시게는 침대에서 몸을 일으켰다.

어제까지만 해도 일어날 기력이 없었는데 이제 괜찮았다. 별사탕을 만들려면 매일 반복 작업이 꼭 필요하다. 태평하게 누워 있을 수 없다.

자신이 없으면 공장이 무너지고 말 테니까…….

얼른 옷을 갈아입고 병원을 나와 가네시게는 자신이 있어야 할 장소로 향했다.

가네시게 제과 공장에 도착했는데, 예상과 달리 동라가 움직이는 소리와 사람들 목소리가 들렸다.

안에 누군가 있는 것 같았다.

가네시게는 심장 부근을 한 번 쓰다듬고 공장 출입구에 귀를 댔다.

들어본 적이 있는 목소리였다.

신중히 내부를 살피자, 동라 옆에는 놀랍게도 구리타와 아오이와 시노부가 있었다.

아오이가 별사탕 상태를 관찰했고 구리타와 시노부가 거대 주걱으로 휘젓고 있었다.

"음, 그런데 말이죠. 할 마음이 이렇게 있으시면서 일부러 아버님께서 오해하실 행동을 하다니 시노부 씨도 정말 솔직하지 못하네요."

아오이가 활기차게 지적하자, 양복 위에 하얀 가운을 걸친 시노부가 쓸쓸하게 웃으며 대답했다.

"뭐, 종종 듣는 말입니다."

"자각은 하고 있었군……. 그나저나 그걸 꿰뚫어 본 아오이 씨도 대단해. 설마 그 차가 시노부 씨의 진심을 아는 계기가 될 줄이야."

"운이 좋았어요. 양일 모두 다소 특수한 날씨였으니까요."

"응. 그러고 보니 어떤 의미에서 날씨의 덕을 본 면이 있어. 내가 처음 공장에 온 날도, 가네시게 씨가 쓰러진 날도 '긴키는 큰비, 간토는 맑음'이었으니까."

간사이 지방에 큰비를 내린 저기압이 내일은 간토로 이동합니다.

시코쿠와 긴키는 어제부터 날이 매우 궂은데 도쿄는 아직 맑았다.

양일 모두 일기예보가 그랬다고 구리타는 설명했다.

"타이어에 마른 진흙이 붙었고 보닛도 비 때문에 얼룩덜룩 지저분했어. 도쿄는 날이 맑았는데 좀 이상하다 싶었지."

"그리고 주행거리도 대략 900킬로미터 이상 늘었어요. 아카사카에서 신주쿠까지 차로 대략 5킬로미터 거리라고 운전기사님께 들은 적이 있으니까 편도 450킬로미터라고 치면 잠깐 운전한 정도가 아니죠."

"게다가 누계로 합치면 엄청난 거리를 달렸어. 몇 번이나 오간 거겠지. 이 차로 교토까지."

"신칸센을 타는 것보다 싸니까요."

시노부는 그렇게 대답하고 생각난 것처럼 덧붙였다.

"피곤하긴 하지만."

구리타는 "쉬엄쉬엄 운전하세요"라고 말하고 다시 아오이를 바라보았다.

"그런데 그것만으론 답을 내지 못했어. 아오이 씨니까 교토라고 특정할 수 있었지."

"누가 뭐래도 별사탕이라면 교토니까요."

아오이가 설명했다. 현재 일본 국내에 별사탕을 만드는 업체는 겨우 손에 꼽을 정도로만 존재한다.

투자하는 고생에 비해 수익이 적절하지 않은 것이 업체가 감소하는 이유겠지만, 예전부터 전해 내려오는 전통 제과법 그대로 인기를 끄는 유명한 별사탕 전문점이 지금도 교토에 딱 한 곳 남아 있다.

아오이가 거기까지 말하자, 시노부가 입술을 삐죽이며 불평했다.

"저기, 말해두겠는데 우리 공장의 제과법도 충분히 전통적이라고요! 단, 교토의 그 가게에는 그것만이 아닌 플러스알파가 있어서."

"네, 알고 있어요. 이 공장의 별사탕도 설탕만 사용하는 상품은 전통적인 제과법에 따라 만들죠. 그렇지만 설탕 이외의 천연 재료를 넣으면 별사탕이 잘 굳지 않는 것이 이쪽 업계의 오랜 상식……이라고 가족한테 들은 적이 있어요."

"……산도 염분도 기름도 설탕의 천적이니까요. 예를 들어 새큼한 레몬 별사탕을 만들려고 해도 미량이라면 괜찮지만 레몬 맛이 적절히 느껴질 정도로 넣으면 별사탕이 안 만들어져요. 구르지 못하고 동라에 달라붙죠. 천연 재료의 색과 풍미를 낸 별사탕은 알고 보면 정말 만들기 어렵습니다."

시노부의 말에 고개를 끄덕이고 아오이는 다시 설명했다.

"그런데 그 교토의 별사탕 전문점은 화과자 관계자나 그 지방 사람들 사이에서 예약하고 기다려야 할 정도로 인기가 높은 곳이에요. 그래서 혹시나 생각했죠. 시노부 씨가 그 가게로 별사탕에 관해 어떤 상담을 하러 가시진 않았을까? 이를테면 그 가게의 간판 상품인 다양한 천연 재료를 사용한 별사탕을 만드는 비결을 배우려고 가신 것은 아닐까?"

시노부는 묵묵히 고개를 끄덕여 인정했다.

아오이의 눈빛이 상냥해졌다.

"외부 유출이 금지된 비법이라고 들었는데, 도쿄에서 거듭거듭 찾아갔으니까 열의도 전해졌겠죠……."

"무릎을 꿇었어요."

시노부가 대답했다.

"비를 맞으면서 계속 고개를 숙인 적도 있고요. 그래도 당연히 그렇게 해야 합니다. 그 가게의 별사탕은 업계 제일의 최중요 전략적 리소스. 우리 공장에 이노베이션을 일으키려면 어떻게든 그 별사탕 제과법을 알아낼 필요가 있었어요."

숨어서 상황을 지켜보던 가네시게는 둔기로 얻어맞은 듯한 충격을 받았다.

시노부가 그런 일을…….

이론이나 따지기 좋아하고 자존심이 센 저 시노부가.

뜨거운 눈물이 북받쳤지만 어떻게든 참아냈다. 가슴을 꾹 누른 가네시게의 시선 너머에서 아오이가 옷 주머니에 손을 집어넣어 무언가 꺼내는 참이었다.

"이게 바로 시노부 씨가 필사적으로 노력한 결정체……의 파편이죠."

아오이가 작고 까만 덩어리를 쥐고 눈높이까지 들어 보이자 시노부는 씁쓸한 표정으로 말했다.

"그걸 잘도 발견했네요. 남김없이 정리했다고 생각했는데."

"주차장이랑 도로 턱 사이에 다행히 남아 있었어요. 향으로 보아 포도를 사용한 별사탕일까요?"

"네. 우리 공장에서도 언젠가 제조하고 싶은 신상품이에요. 포도에는 심장을 보호해주는 성분이 들어 있으니까……. 물론 별사탕으로 만든 시점에서 효과야 어떨지 모르지만 맛에는 자신이 있어요. 아직 별 모양이 예쁘게 나오지 않아서 좀 더 개량해야 해요."

"군이 포도를 고르다니, 아버님을 염려하는 마음이 훌륭하세요. 그래도 좀 그래요. 처음부터 사실대로 다 밝혔으면 일이

꼬이지 않았을 텐데."

"말 못 해요, 그런 건……. 부끄럽잖아요."

시노부가 잽싸게 고개를 돌리자, 아오이는 "네에?" 하고 기뻐하면서 웃음을 터뜨렸다.

대신 구리타가 무뚝뚝하게 표정으로 말했다.

"……부끄러워도 말해야 합니다, 진짜로 곤란한 일이 생길지도 모르니까. 처음에 그 광경을 봤을 때는 저게 뭐 하는 짓인가 싶었어요. 댁이 갑자기 길바닥에 별사탕을 뿌렸으니까."

"아아, 면목 없어요……. 그때는 나답지 않게 당황해서."

"그래도 그게 아버님을 미워해서가 아니라 시노부 씨가 몰래 개발 중인 새로운 별사탕을 감추기 위해서였다니까…… 납득이 갑니다."

"미완성인 상태는 절대로 보여주기 싫었거든요. ……아버지가 얼마나 정성을 다해 만드는지 알고 있으니까 버리기 전에 얼마나 망설였는지 몰라요."

시노부는 씁쓸한 표정으로 구리타에게 설명했다.

그는 교토의 별사탕 전문점에 협력을 요청해 반년 전부터 새로운 별사탕 개발에 몰두했다.

그것이 아오이가 발견한 까만 덩어리의 원형이었다. 식용 색소를 녹인 당밀을 굳혀 착색한 것이 아니라 천연 재료를 사용해 만든 색이 선명한 포도 별사탕이다.

외박의 목적은 놀이가 아니었지만 아버지의 오해를 풀기 위해 변명하긴 싫었다. 당장은 사이가 좋지 않아도 신상품을 완성하면 금방 화해할 수 있다고 생각했다.

그러나 예상하지 못한 사건이 벌어졌다.

그날, 시노부는 비가 정신없이 퍼붓는 교토의 가게에서 시작품인 별사탕을 차에 싣고 날이 화창한 도쿄로 돌아왔다.

그러나 장시간 운전으로 지친 탓에 시작품 별사탕이 든 상자를 공장 앞에서 떨어뜨려서 바닥에 까만 별사탕이 잔뜩 흩어졌다.

아버지가 밖으로 나오면 당장 들켜버린다. 전부 주워 모으기에는 수량이 너무 많았다.

지금은 아직 보여주기 싫었다.

위기를 벗어나려면 발상의 전환이 필요한 법.

"그래서 일단 공장으로 몰래 들어가서 창고에 보관 중인 별사탕을 꺼냈습니다. 흰색, 파란색, 분홍색, 초록색, 검은색……. 나무를 감추기 위해 죄다 뿌려서 숲을 만들어 낸 거죠."

"그 짧은 순간에 그런 생각을 떠올리다니 대단합니다. 그런데 시노부 씨의 시작품이 검은색이니까 검은색 별사탕만 뿌리면 되지 않나?"

구리타의 기본적인 질문에 시노부는 가볍게 고개를 저었다.

"똑같이 검은색만 있으면 모양이 다른 게 금방 눈에 보이니까 들킬지도 몰라요. 색과 향기도 분산시켜야 위장하는 효과가 높아진다고 판단했죠."

"아하."

"징글징글한 집념이라고 생각하시죠, 구리타 씨? 그래도 완성품을 만들기까지 비밀로 하고 싶었어요. 전에 신상품 때문에 아버지와 다툰 이후로 나도 반쯤 오기가 생겼으니까요."

숨어서 귀를 쫑긋 세운 가네시게는 시노부의 말을 들은 순간 떠올렸다.

저 녀석, 역시 그때 그 일을 마음에 두고 있었구나……

그날의 업무를 마치고 시노부는 가네시게에게 경영 방침에 관해 할 말이 있다고 했다.

논리 정연했던 이야기는 시간이 흐름에 따라 감정이 앞선 격론으로 변했다.

"그러니까 이대로는 안 된다니까, 아버지! 기존 노선으로는 아무리 노력해도 실적 개선을 기대할 수 없어!"

"시끄러워! 대체 뭘 어쩌라는 거야!"

"그걸 알면 이 고생을 하겠어! 그래도 방법이 있을 거야. 코스트컷이나 판매망을 확보하거나 신상품을 연구 개발하거나……."

"하! 항상 말만 번지르르하구나, 너란 녀석은!"

"뭐……?"

얼굴빛이 변한 시노부를 향해 가네시게는 덮어놓고 윽박질렀다.

"네 힘으로 만들어낸 것 하나 없으면서 잘났다고 재잘재잘. 코스트컷? 판매망? 내가 그런 걸 소홀히 하는 줄 아느냐? 헛소리! 신상품도 쉽게 만들어지는 게 아니야. 직접 해봐라, 입만 산 놈아!"

"입만……?"

시노부는 새파랗게 질린 얼굴로 자리에서 일어났다.

가네시게는 말이 지나쳤다고 후회했지만 사과하지 못한 채로 반년이 지났다.


지금, 공장 구석에 숨은 가네시게의 시선 너머에서 시노부는 열성적으로 구리타에게 설명했다.

"그러니까 미완성품은 절대 보여주기 싫었어요……. 나도 나만의 방식이 있다고 아버지에게 증명하고 싶었죠."

"……이제 곧 증명할 수 있습니다, 이걸 완성하면."

구리타가 숙연하게 말하자, 아오이가 꾸민 듯한 밝은 목소리를 냈다.

"괜찮아요. 맛에 자신이 있다면 완성한 것이나 마찬가지니까요. 모양을 좀 더 조정할 필요는 있겠지만 천연 재료로 만든 별사탕도 예쁘게 굳는다는 것은 교토의 가게가 이미 실증했으니까요."

"그렇죠. 그걸 완성하면 아버지에게……."

시노부의 말이 끝나기 전에 가네시게가 나섰다. 구석에서 몸을 불쑥 내밀고 외쳤다.

"……네놈들!"

갑작스러운 호통에 모두들 놀라 돌아보는 가운데 가네시게는 걸음을 옮겼다. 거구를 질질 끌며 한 걸음씩 동라를 향해 걸었다.

"아, 아버지? 아직 병원에서 할 검사가 남았잖아!"

시노부가 새파래진 얼굴로 외쳤으나, 가네시게로서는 그러고 있을 때가 아니었다.

"입 다물어! 아들놈이 필사적인 순간에 내가 멍하니 누워 있을 수 있겠느냐!"

모두가 한 방 맞은 것처럼 입을 꼭 다물었다.

잔뜩 긴장한 공기를 헤집으며 걸음을 옮긴 가네시게가 마침

내 동라 앞에 도착했다.

넓적한 솥 안에 새까만 별사탕 알갱이가 잔파도와 같은 소리를 내며 회전하고 있었다.

"시노부……. 이게 네가 만든 새로운 별사탕이라고!"

"아, 으응."

"먹어보겠다."

가네시게는 시노부에게 으르렁거렸다.

"모양 따위 괜찮아. 당장 내놔."

"도, 동라 안에 든 건 아직 작아서 안 돼. 모양이 별로라도 괜찮다면 시작품으로 만들어둔 게……."

시노부는 벽으로 달려가 받침 위에 쌓인 상자를 들고 돌아왔다.

상자 안에는 뿔이 균일하지 않은 검푸른 별사탕이 잔뜩 들어 있었다.

모양은 볼품없어도 향은 좋았다. 침을 꿀꺽 삼킨 가네시게에게 시노부가 의연히 말했다.

"사양하지 말고 먹어줘요, 아버지."

"사양을 하긴 누가!"

가네시게는 결심을 굳히고 알이 굵직한 별사탕을 하나 쥐어 선뜻 입에 넣었다.

그 순간, 최고의 풍미가 퍼졌다.

이건 뭐지?

인공적인 향과 전혀 다른 진짜 포도의 향기가 입안 가득 부풀었다.

과일보다 맛이 부드러워서 설탕을 응축한 과자로 생각되지 않았다.

투명하다고 느낄 정도로 단맛이 깔끔했다. 은근한 시큼함을 동반한 그 맛이 어찌나 생생한지, 진짜 포도의 맛이었다.

달콤하고 촉촉하다. 그러면서도 별사탕 특유의 산뜻하고 맑은 풍미로 고급스럽게 마무리되었다. 이것이 맛이 없다면 이 세상에 맛있는 음식이 없으리라.

혀 위에서 느릿느릿 담백하게 녹아내리는 별사탕을 이로 살짝 물자 아작아작 기분 좋은 저항이 생기다가 곧 사각사각 녹듯이 무너졌다.

여러 번 씹지도 않았는데 눈 깜짝할 사이에 기분 좋은 식감과 포도 맛을 남기고 가랑눈처럼 전부 사르륵 사라졌다.

최고로 행복한 한때였다.

가네시게는 다시 상자에 손을 뻗어 하나를 더 입에 넣었다.

조금 전의 별사탕이 특별히 맛이 좋았던 것이 아니다. 모두 다 진짜 포도보다 향이 더 농후하고 별사탕 특유의 단맛을 가득 품어 비길 데 없는 절품이었다.

"맛있구나……."

가네시게는 자기도 모르게 진심으로 말했다.

"이렇게 맛있는 별사탕은 처음 먹어본다……. 이걸 네가 만들었다고?"

"응."

시노부는 지금까지와 전혀 다른 사람처럼 결연하게 고개를 끄덕였다.

"많이 늦은 감이 있지만 말할게. 나는 별사탕을 부정하는 것도 아니고 증오하지도 않아. 나만의 방법으로 가업을 지키고 싶었어."

"시노부……."

"할아버지 대부터 이어온 공장을 간단히 문 닫게 할 순 없으니까. 그렇지만 이대로는 하향 곡선을 그릴 뿐이야. 이노베이티브한 별사탕을 만들어서 고객에게 매력을 알려야 한다고 생각해."

가슴 깊숙한 곳까지 묵직하게 울리는 그 말은 가네시게가 제일 듣고 싶었던 바로 그 한마디였다.

평생 이렇게 기쁜 적이 없었다. 만감이 교차한 가네시게는 대답했다.

"……알아듣지 못하겠는 단어도 섞였지만 인정하마. 너는 대단한 놈이야."

그러자 시노부의 이지적인 얼굴이 감격으로 일그러졌다.

그림자처럼 도와주었을 구리타와 아오이는 옆에 나란히 서서 따뜻한 눈동자로 그들을 지켜보았다.

가네시게는 손을 뻗어 별사탕을 한 움큼 입에 넣고 눈을 꾹 감은 채 단맛을 곱씹었다. 이 별사탕을 세상에 존재하는 모든 사람에게 먹이고 싶었다.

어려서 들었던 아버지의 목소리가 문득 머릿속에 떠올랐다.


'별사탕처럼 사랑스러운 존재까지 사라진다면…… 이 세상도 끝이야. 사라지지 않았으면 해…….'


사라지지 않아. 가네시게는 마음속으로 중얼거렸다.

자신에게는 한길만 우직하게 파는 든든한 아들이 있으니까. 교토 노포의 기술을 배워 새로운 별사탕을 만들 만큼 재능과 저력이 있는 아들이.

이런 능력자가 있는 한 별사탕은 계속 이 세상에 존재한다.

계속 존재할 것이다.

눈두덩을 손바닥으로 꾹 누른 가네시게는 진심으로 아들이 자랑스러웠다.

*

　돌아가는 길, 구리타와 아오이는 어깨를 나란히 하고 역을 향해 걸었다. 내리쬐는 오후의 햇볕이 따사로워서 둘의 얼굴에 자연히 미소가 지어졌다.
　"정말 잘됐어. 어긋난 부자 관계가 원래대로 회복되어서."
　"그러니까요. 가네시게 제과의 후계자 문제도 해결했으니까 다행이에요. 사실 이번에는 우리가 아무것도 안 했지만요."
　"어? 했잖아."
　아오이의 통찰력이 시노부의 진심을 꿰뚫어 보고 가네시게가 입원한 동안에 새로운 별사탕을 만들어서 가져가라고 조언한 덕분에 조금 전과 같은 전개가 이루어진 것이다.
　그러지 않았다면 과연 둘이 화해할 수 있었을까.
　"으응, 듣고 보니 조금 등을 밀어줬다고 할 수 있을 것도 같네요."
　"조금은. ……아니야, 아마 그런 게 가장 중요할 테니까."
　진심이었다.
　간단해 보이지만 등을 살짝 밀어 도와주는 일을 사람은 쉽게 하지 못한다. 가네시게와 시노부가 본심을 나눌 수 있었던 것은 분명 아오이의 존재 덕분이다.

그리고. 구리타의 표정이 긴장으로 굳었다.

자신도 아오이에게 해야 할 말이 있다. 그러기 위해서 첫걸음을 내딛기로 했다.

"그런데 아오이 씨, 곧 산자마쓰리 축제가 열리는데 괜찮다면 같이……."

말을 마치자 아오이의 상냥한 눈이 동그랗게 커졌다.

*

어이차, 어이차. 가마를 떠멘 가마꾼들의 웅장한 함성과 오하야시 소리와 호루라기 소리. 구경하는 사람들의 활기찬 소란이 주변을 울렸다.

한텐* 차림으로 축제에 참여한 기운 넘치는 사람들로 가미나리몬 거리가 꽉꽉 채워졌다.

그날, 날씨가 좋은 아사쿠사는 넘치는 열기로 숨이 막힐 지경이었다.

* 옷고름이 없는 짧은 겉옷.

"대단해요, 이게 꽃의 에도! 사람이 이렇게 많이 몰릴 줄 몰랐어요. 에도 사람들의 열정, 최고예요!"

"흥분한 건 알겠는데 자꾸 두리번거리다가 미아가 될 거야."

"꺄악!"

"왜 그래?"

"구리타 씨, 저기 보세요……. 가마 근처에 있는 아저씨, 훈도시**만 입고 있어요. 탄탄한 엉덩이가 불룩……."

"어, 어이, 아오이 씨!"

주위의 열기에 들떠 아오이의 얼굴도 홍조를 띠고 상기되어 있었다.

엷은 남빛 하늘이 펼쳐진 기분 좋은 토요일.

산자마쓰리 이틀째였다.

정식 명칭이 '아사쿠사 신사 예대제'인 산자마쓰리는 일본 3대 축제 중 하나로, 사흘 동안 약 150만 명의 관광객이 몰려들어 행사가 많은 아사쿠사에서도 최대 이벤트였다.

스이코 여왕*** 시대, 3월 어느 날 스미다 강에서 관음상을 건져 올렸다는 유래에서 이름을 따와 에도 시대 때는 관음마쓰

---

** 일본 남성이 입는 속옷. 좁고 긴 천 한 장이어서 국소만 가릴 수 있다.

*** 592~628년에 재위한 일본의 33대 일왕.

리라고 부르며 3월에 열렸는데, 지금은 5월 세 번째 주 금요일부터 일요일까지 열린다.

아오이는 과감하게도 토요일과 일요일에 연속해서 참가하겠다고 했다.

태양 아래에서 가마를 둘러싸고 들뜬 풍경을 마음껏 즐기는 토요일과, 가마가 아사쿠사 신사로 돌아가는 모습을 정숙한 분위기 속에서 지켜보는 일요일의 마지막 밤을 다 즐기려는 의도였다.

가네시게 제과에서 돌아오는 길에 구리타가 축제에 함께 가자고 제안했을 때, 아오이는 김이 빠질 정도로 선뜻이 청을 받아들였다.

"좋은데요, 산자마쓰리! 사실 저도 가보고 싶었어요! 구리타 씨가 안내해주신다니 정말 기뻐요."

아오이는 활짝 웃었다.

"아사쿠사라면 산자마쓰리, 산자마쓰리라면 아사쿠사! 저, 이 동네를 아주아주 좋아하지만 역시 산자마쓰리 없이는 아사쿠사를 말할 수 없으니까요."

"말하고 싶어?"

"기쁜 일은 주변에 마구 말하고 싶어지지 않나요? 어쨌든 금요일에 집안일을 다 해놓고 주말에는 마음껏 축제에 참여해야겠어요!"

환하게 웃으며 신이 난 아오이는 반짝반짝 빛이 났지만, 관광하려는 마음 그 이상도 그 이하도 아니어서 축제를 틈타 구리타가 고백하리라고는 꿈에도 상상하지 못하는 분위기였다.

그리고 지금. 구리타는 안타깝게도 축제를 물색없이 만끽하는 아오이에게 고백할 타이밍을 잡지 못한 상태였다.

……이거 큰일인데.

사람이 너무 많았다. 아오이의 내비게이터 역할만으로도 벅찼다.

혼잡함의 극치인 가마 주변을 떠나 둘은 노점상이 선 센소지 경내로 들어갔다.

여기라면 분위기도 좋고 너무 소란스럽지도 않다. 한다면 지금이다……라고 구리타가 결심하고 행동하려는 순간, 앞서 걷던 아오이가 흥분해서 외쳤다.

"앗, 구리타 씨. 저기 보세요! 저기 저 노점!"

"노, 노점이 왜?"

"스마트폰을 팔고 있어요!"

덜컹 무릎이 꺾였다.

아오이가 가리키는 방향에 정말로 그럴싸한 노점이 있었지만 누가 봐도 미묘했다.

"역시 아사쿠사, 뭐든지 다 있네요. 저, 개인용 전화기가 없으니까 살까요?"

"아, 안 사는 게 좋아, 아오이 씨! 평범한 가게에서 사야지. 저런 노점은 축제가 끝나면 철수하니까. 문제가 생겨도 지원해주지 않을 거야!"

"구리타 씨가 그렇게까지 말씀하시면……."

그런 대화를 나누며 둘은 축제 풍경을 둘러보았다.

인파 속을 배회하는 동안에 토요일 오후 시간이 차곡차곡 지나갔다.

결국 그날, 구리타는 고백하려고 몇 번이나 시도했으나 타이밍이 맞지 않아 전부 실패로 끝나고 말았다.

승부를 걸 순간을 포착할 수 없었다. 싸움이라면 절대 지지 않는 내가…… 하고 구리타는 자괴감에 빠졌지만, 아사쿠사 최대 축제를 마음껏 만끽한 아오이는 보는 사람까지도 행복하게 만드는 최고의 미소를 짓고 있었다.

그러니까 뭐, 이것도 괜찮겠지.

"구리타 씨, 오늘 감사했어요. 내일도 잘 부탁합니다!"

"아, 아아."

……냉정히 생각하면 이런 대혼란 속에서 고백은 무리였다. 승부는 내일이다.

저녁 무렵, 활발하게 손을 흔들고 역으로 사라지는 아오이를 배웅하며 구리타는 생각했다.

그리고 다음 날 일요일.
산자마쓰리 최종일의 하이라이트는 누가 뭐래도 미야다시와 미야이리.

이른 아침에 아사쿠사 신사에서 불제를 받은 가마 세 대가 마차군의 손에 들려 경내를 나와 마을을 위세 등등하게 누빈 후, 밤에 다시 돌아오는 것을 차례로 가리키는 말이다.

축제의 절정이라고도 할 수 있는 이 행사를 화제에 올려 아오이는 이런저런 질문을 퍼부었고 구리타도 이래저래 대답한 것 같은데 사실 내용을 전혀 기억하지 못했다.

그 정도로 머릿속이 고백으로 꽉 찼다.

오늘은 무슨 수를 써서라도 마음을 전하고 싶다.

아오이를 의식하지 않으려고 조심하면서 속이 홀랑 타버릴 것 같은 시간을 보냈다.

드디어 해가 저물고 거리에 밤의 장막이 깊이 드리울 무렵, 대제등을 위로 올린 가미나리몬 아래를 가마가 인심 좋은 박수를 받으며 통과했다.

가마는 열기로 들뜬 나카미세 거리를 느릿느릿 지나 다시 신사로 들어갔다. 이렇게 길었던 축제가 끝났다.

많은 관광객이 삼삼오오 역으로 향하는 가운데, 아오이가 돌아가겠다고 말하기 전에 구리타가 말을 꺼냈다.

"아오이 씨, 잠깐 괜찮을까? 할 말이 있어."

"괜찮아요."

아오이는 예상외로 놀라지 않았다.

"오늘 구리타 씨 태도가 좀 이상해서 내심 걱정이었어요. 하실 말씀이 있었군요."

그 순간 생각이 전부 들킨 것 같아 구리타의 얼굴이 달아올랐지만, 그래도 괜찮다고 생각하며 마음을 다잡았다.

축제가 끝나 인파가 줄어든 밤의 뒷골목을 둘은 말없이 걸었다.

어디에서 이야기를 시작할지 고민하며 걷다 보니 어느새 익숙한 오렌지 거리로 발길이 향했다.

다행히 거리를 지나는 사람이 없고 주변은 어스름에 둘러싸여 고요했다.

자신이 가장 안심하는 장소인 구리마루당 정면에서 걸음을 멈추고 구리타는 아오이와 마주 보았다.

어떻게 시작해야 좋을까. 심장이 시끄러울 정도로 격하게 뛰었다. 아마 지금 얼굴이 새빨갛지 않을까. 밤이라 보이진 않겠지.

어쨌든 할 말을 순서대로 해야 한다.

구리타는 크게 심호흡하고 고개를 들어 입을 열었다.

"사실…… 어쩌다 보니 우연히 알았어. 아오이 씨의 집안을."

"네?"

"아오이 씨, 호오당의 딸이지."

호조 아오이. 일본 최대의 화과자 업체인 아카사카 호오당의 사장 영애.

설마 그런 이야기가 나올 줄 예상하지 못했는지 아오이는 눈을 휘둥그렇게 뜨고 경악했다.

잔뜩 긴장한 침묵이 밤의 오렌지 거리를 지나갔다.

아오이는 꾹 참았던 긴 숨을 내쉬고 고개를 끄덕였다.

"맞아요."

역시. 구리타는 입을 꾹 다물었다.

"호조라는 성은 전국적으로 손에 꼽힐 정도밖에 없으니까 조금만 조사하면 호오당을 쉽게 알 수 있죠. 그래서 될 수 있으면 성을 말하지 않으려고 했는데……. 죄송해요."

"사과할 이유가 어디 있어. 좋은 성이잖아."

그 말에 아오이는 당황했는지 눈을 깜박이다가 곧 진지하게 고개를 숙였다.

"고맙습니다."

"……천만의 말씀을."

무뚝뚝한 구리타의 대답 덕분에 마음이 편해졌는지 아오이는 밤바람에 나부끼는 머리카락을 정리하며 곤란한 듯이 웃었다.

"꼭 감추려던 건 아니었어요……. 그래도 먼저 나서서 말하고 싶진 않았어요."

"어째서? 구리마루당의 규모가 호오당보다 한참 작으니까 신경을 써준 거야?"

"아니요, 그렇지 않아요. 가게 규모는 전혀 상관없어요."

"그럼 왜?"

"그건……."

아오이는 한참 동안 입가에 손을 대고 표정을 굳혔다.

침묵의 시간은 두려우리만치 길었다.

그렇게까지 고민해야 하는 문제인가 싶어 구리타는 소름이 돋았으나 여기까지 온 이상 물러설 수 없었다. 어떤 말이 나올지 예측할 수 없지만 어떻게든 듣고 싶었다.

왜냐하면 자신은 아오이를…….

그때, 아오이가 아래로 시선을 내리며 입을 열었다.

"……질문을 받을 테니까요. 왜 가게 일을 돕지 않는지. 호오당 사장의 딸이라면 자기 가게 일은 내버려두고 다른 가게를 돕는 게 부자연스럽잖아요?"

"그렇지."

"……할 수 없어요."

아오이가 미간을 찌푸리고 말했다.

"저, 원래 호오당의 화과자 장인이었어요. 선천적으로 미각이 예민하고 손끝이 여물어서 우리 장인들한테 가르침을 받았어요. 감각도 제법 있었나 봐요. 한때 화과자의 아가씨라고 불렸어요."

화과자 장인이었구나.

아오이가 종종 선보이는 프로에 지지 않을 폭넓은 지식을 구리타는 지금에서야 이해했다. 그리고 화과자의 아가씨라는 유쾌한 그 별명이 지금은 위광과 중압감이 한데 얽혀 들렸다.

아오이는 감정을 의도적으로 억누른 말투로 차분하게 설명했다.

"그런데…… 지금은 장인으로서 일을 충분히 할 수 없어요. 그걸 떠올리면 괴롭다고 할까요, 지금도 실감할 때마다 괴로워서……. 그래서 가능하면 말하고 싶지 않았어요. 죄송해요."

아오이는 다시 미안함을 담아 사과했다.

"사과하지 마, 아오이 씨. 나쁜 짓을 한 것도 아니잖아. 괴로운 말을 하게 해서 미안해. 그런데 일을 할 수 없다니 어째서……."

"오른손을 다쳤어요."

"손……?"

일순간, 머릿속에 깨달음의 섬광이 지나갔다.

그건가, 하고 생각한 구리타 앞에서 아오이는 가슴 높이까지 오른손을 들어 손목 안쪽에 흐릿하게 남은 가늘고 긴 상처를 내려다보았다.

"일상생활에 지장은 없지만요, 오른손……. 악력이 약해서 정밀한 작업을 거의 하지 못해요. 도저히 저 자신도 믿지 못할 일이 벌어져서."

거기까지 말한 순간이었다.

아오이의 눈이 갑자기 크게 뜨이더니 우아한 얼굴이 얼어붙었다.

핏기가 싹 가셔서 완전히 굳어버린 아오이의 얼굴에 드러난 것은 선명한 공포.

뭐지. 아오이가 뭘 본 거지?

확인하려고 뒤를 돌아본 구리타는 경악할 만한 광경을 직면하고 등줄기에 소름이 돋았다.

저 앞쪽의 가로등 그림자에 숨어 누군가 이쪽을 지켜보고 있었다.

젊은 남자. 키가 크고 누더기 같은 더러운 옷을 입은 십대 후반쯤으로 보이는 청년이었다.

아니다, 소년이라고 해도 좋았다. 얼굴 생김새 자체가 어렸고 피부는 약간 가무잡잡했다. 구리타와 아오이를 응시하는 두 눈이 한계까지 크게 벌어졌다.

그의 두 눈동자가 범상치 않은 열기를 띠고 빛났다.

이 녀석이다. 구리타는 깨달았다.

긴자에서, 오에도 스테이지 옆에서, 구리마루당 주변에서. 최근 계속 주변을 킁킁거리며 다니던 놈이.

"너 이 자식!"

외침과 동시에 구리타는 달렸다.

누군지 모르지만 일단 붙잡아야 한다. 정체 모를 남자도 몸을 돌려 뛰었지만 쫓아가지 못할 속도는 아니었다.

"……꺅!"

그러나 뒤에서 아오이의 비명이 들려 걸음을 멈췄다.

무엇을 우선시할지 생각할 것도 없었다. 구리타는 추적을 포기하고 돌아섰다.

"아오이 씨, 괜찮아?"

구리타는 발이 걸려 넘어진 아오이에게 손을 내밀어 일으켜

세웠다.

다친 곳은 없어 보였지만 그때 의도치 않게 아오이의 오른
손을 만지고 깨달았다. 아오이의 오른손은 정말 악력이 약했
다. 지금 들은 말이 전부 사실임을 구리타는 실감했다.

아오이는 온몸을 떨며 중얼거렸다.

"……도가시 씨예요."

"뭐?"

이해력이 쫓아가지 못해 구리타는 눈을 가늘게 떴다.

"도가시라니…… 지금 저놈이? 아는 사람이야?"

"호오당에서…… 예전에 같이 일했던 화과자 장인이에
요……. 10년에 한 명 나올 법한 천재라는 소리를 들었어요.
계속 행방불명이었는데 설마…… 여기에서 만날 줄이야……."

대체 왜 지금 여기에? 얼이 빠져 중얼거리는 아오이의 등을
받쳐주며 구리타는 생각했다.

……우연이 아니다. 저 녀석은 계속 가까이에 있었다. 내가
아니라 아오이가 목적이었나?

어쩌면 양쪽 다일지도 모른다.

불온한 기운을 품은 밤바람을 맞으며 아오이가 가냘픈 목소
리로 더듬더듬 말했다.

"……제 손의 상처…… 도가시 씨가……. 그, 그 사람이 죽은

것도…… 사실은 도가시 씨의…….”

충격으로 제대로 말도 못 하는 아오이를 보며 구리타는 적지 않게 동요했다.

무슨 소리지. 아오이의 과거에 대체 무슨 일이 있었던 거야……?

다음 이야기를 기다렸지만 아오이는 겁을 잔뜩 먹어 입술을 깨물고 침묵했다.

상황은 이해할 수 없었고 수수께끼는 순식간에 늘었다. 이제는 고백 따위를 할 상황이 아니었다.

그러나 지금 구리타의 마음속에 신기할 정도로 강렬한 욕구가 솟구쳤다.

안심시키고 싶다.

“걱정하지 마.”

거의 순식간에 구리타는 결심을 굳혔다.

“자세한 사정은 잘 모르겠지만 나한테 맡겨. 상대가 어디서 뭐 하는 놈인지 알게 뭐야. 그 녀석은 내가 반드시 어떻게든 할게.”

갑작스러운 굳건한 선언에 놀랐는지 아오이는 한참 동안 눈을 동그랗게 떴다.

그러나 곧 고개를 크게 끄덕이며 기쁘게 미소 지었다.

"……네!"

역시 이런 모습이 정말 좋았다. 아오이의 웃는 모습을 좋아하는 자신을 구리타는 새삼스럽게 깨달았다.

팽팽하게 긴장한 공기가 어느 정도 부드럽게 풀렸다.

여느 때처럼 행복한 분위기를 되찾고 싶으니까 이 자리에서 굳이 자세한 사정은 캐묻지 않기로 결심했다. 지금은 그냥 넘어가자.

무슨 일이 있었든 전부 다 지금부터 하나씩 해결해가면 된다. 반드시 어떻게든 해내고야 말 테다.

구리타를 향한 신뢰 덕분인지 아오이도 극도의 긴장 상태에서 풀려 표정이 제법 부드러워졌다. 그러니 더욱 무리해서라도 평소처럼 행동해서 평화로움을 가까이 끌어당기고 싶었다.

구리타는 엄지손가락을 세워 구리마루당을 가리키고 의기양양하게 웃었다.

"뭐, 아무튼. 여기 이러고 있는 것도 그러니까 안에서 차라도 마시고 가."

"……좋은데요."

구리타의 마음이 전해졌는지 아오이도 말을 받아주었다.

"이왕이면 달콤한 것도 먹고 싶어요."

"오오. 그렇다면 미칠 듯이 달콤한 팥죽은 어때? 구리타 스페셜로."

"아, 좋아요. 구리타 스페셜, 맛있겠다!"

서로서로 배려하며 밝은 대화를 나누다 보니 어느새 아오이의 말끝도 사랑스러운 경쾌함을 되찾았다.

아오이의 이런 밝음을 어떻게든 지켜주고 싶다고, 구리타는 굳게 맹세했다.

안녕하세요, 니토리 고이치입니다. 봄은 만남과 이별의 계절이라고 하는데요, 이렇게 여러분과 다시 만날 수 있어서 지금 더할 나위 없는 행복을 곱씹고 있습니다.

이 맺음말을 2015년 2월에 쓰고 있습니다만, 저는 1월에 시즈오카 현의 덴류 고등학교에 초대를 받아 정말 즐겁고 유익한 시간을 보냈습니다.

기쁘게도 《변두리 화과자점 구리마루당》이 고등학생이 친구에게 추천하고 싶은 소설이라는 취지의 덴류문학상을 받아서 시상식에 참석하는 영광을 얻었고, 시상식을 마친 후에는 학생 여러분과 즐겁게 대화를 나눴습니다. 개인적으로 많은 결실을 얻은 시간이어서 공부가 되었습니다.

특히 어린 친구들도 화과자를 좋아하는 사람이 많다는 사실을 새롭게 발견했습니다.

사람은 나이를 먹으면 대체로 깔끔한 자연의 맛을 좋아하게 된다는 말이 있죠.

그래서 화과자도 굳이 따지면 어른들 사이에서 인기가 있다는 선입견이 있었는데요, 어린 십대 친구 중에도 화과자 마니아가 많다는 이야기를 듣고 내심 깜짝 놀랐습니다.

실제로 사람과 만나 교류를 나눔으로써 마음 한구석에 이야기의 씨앗이 뿌려지고 또 어떤 계기로 싹이 트지요. 그런 감각을 자연스럽게 이해할 수 있었던 감사한 하루였습니다.

사람과 만난다는 의미에서 이번에는 별사탕을 제조하는 에비스당 제과의 모치다 님께 많은 도움을 받았습니다.

공장에서 만드는 과정을 견학할 수 있었고, 소설에 다 쓰지 못할 만큼 풍부한 별사탕 이야기를 들을 수 있어서 더없이 감사할 따름입니다.

예전 그대로의 제과법으로 별사탕을 제조하는 공장은 현재 도쿄에서 에비스당 제과 딱 한 곳뿐입니다.

직접 판매는 하지 않고 인터넷 홈페이지의 통신판매로 구매할 수 있으니 혹시 흥미가 있으신 분은 부디 '에비스당 제과'를 검색해주세요.

지금부터 감사와 사죄의 말씀을 드리겠습니다.

일을 적확하게 해주시는 담당 편집자님, 아름다운 일러스트로 소설의 세계를 수놓아주신 와미즈 님. 소설의 분위기와 잘 어울리는 디자인을 해주신 디자이너 님, 취재에 협력해준 K군. 그리고 여기까지 함께 해주신 친애하는 독자 여러분께 진심으로 감사를 드립니다.

또 만나요.


니토리 고이치

드디어 한 걸음을 내디딘 로맨스와
갈수록 궁금해지는 아오이의 과거

여기 전직 불량배 보스지만 사랑 앞에서 쩔쩔매고 남을 잘
도와주는 청년이 있다. 청년은, 종종 나사 풀린 소리를 하지만
다정하고 똑똑하고 비밀이 많은 한 아가씨를 만난다. 그들이
그려내는 맛있고 인정 가득한 이야기, 그 세 번째이다.

이번에는 또 어떤 화과자로 어떤 이야기를 보여주고 식욕을
자극해서 다이어트를 방해할까? 아오이의 정체가 밝혀질까?
구리타와 아오이의 관계는 얼마나 진행될까? 내가 아끼는 아
사바도 나올까? 머릿속에 이런 물음표를 잔뜩 띄우고 책을 펼
쳤다. 고백하자면 표지를 넘기자마자 아사바가 반겨주어서 내
심 "오오!" 하고 소리를 질렀다.

3권에는 혈연관계인 가족들이 등장한다. 할아버지와 손녀

의 안미쓰, 사촌 누나와 사촌 동생의 미타라시 경단, 아버지와 아들의 별사탕 이야기다.

구리타와 아오이가 선보이는 화과자 지식은 여전히 대단한데, 이번에는 구리마루당의 얼굴인 시호나 별사탕 공장의 아들 시노부가 솜씨를 발휘해서 신선했고 재미있었다. 알레르기가 있는 손녀를 위해 좋아하는 안미쓰를 만들려고 노력한 나나무라 할아버지의 노고도 높이 사야 할 것이다. 사랑하는 사람을 위해 서툴러도 노력하는 그들의 모습에는 아름답다는 말이 정말 잘 어울린다.

이번에 등장한 화과자 중에서 제일 생소한 것은 아무래도 안미쓰일까? 구리타와 아오이가 안미쓰를 전문적으로 설명해주는데, 쉽게 생각하면 기본적인 안미쓰는 팥빙수에서 얼음과 연유를 뺀 것이다. 일본에서 안미쓰는 패밀리 레스토랑에서도 먹을 수 있는 대중적인 디저트이다. 주로 여름에 먹는 차가운 화과자지만, 얼음이 들어가지 않아서 시원한 맛을 기대한다면 실망할 수 있다. 실제로 패밀리 레스토랑에서 사진만 보고 팥빙수인 줄 알고 먹었다가 실망한 기억이 있다. 부드럽고 쫄깃쫄깃하고 달짝지근한데 미지근한 무언가를 씹는 느낌이었다. 그런데 몇 년쯤 지나 일본에서 유명하다는 찻집에서 다시 먹었을 때는 맛있었으니까 아마 가게 탓일지도 모르겠다. 그러니 만약 일본에서 안미쓰를 먹어보고 싶다면 이왕 가는 것이니 유명한 가게를 검색해서 가보자.

미타라시 경단은 백화점 식품 매장이나 디저트 카페에서 종종 볼 수 있어서 친숙할 것이다. 집에서 만들어 먹을 수도 있다. 간단한 (그러나 요리와 담을 쌓은 내게는 어려운) 조리법이 책에도 나오고 인터넷에도 있으니 조만간, 아니 언젠가 한번 해보려고 한다.

마지막으로 별사탕! 이번에 활약한 과자 중에서 제일 정감이 갔다. 어려서 먹던 건빵 봉지 안에 들어 있던 바로 그 별사탕이니까. 건빵 봉지를 뜯으면 주연인 건빵보다도 별사탕에 먼저 손이 갔다. 몇 개 들어 있지 않아서 사람 감질나게 하는데 혀에서 사르르 녹는 단맛이 어찌나 맛있던지. 어린 마음에 더 먹겠다고 욕심을 부려 친구와 다퉜던 기억도 어렴풋이 난다. 별사탕이 먹고 싶어서 인터넷에 검색을 해봤는데 별사탕만 따로 팔기도 하나 보다. 그래도 역시 별사탕 하면 건빵, 건빵 하면 별사탕 아닐까. 별사탕이 들어 있는 건빵 세트를 장바구니에 담으며 가네시게의 말을 떠올렸다.

'이것이 맛이 없다면 이 세상에 맛있는 음식이 없으리라.'

물론 별사탕보다 맛있는 음식은 많을 것이다. 그래도 별사탕은 귀엽고 앙증맞고 사랑스럽고 옛날 냄새가 나는 추억의

과자이다.

이 시리즈의 묘미는 첫 번째, 누가 부탁하지 않았는데도 마음껏 퍼주는 화과자에 관한 방대한 지식이라고 생각한다. 사실 그런 내용을 우리말로 옮기려고 하면 쉽지 않다. 설명만으로 이해가 안 되면 사진을 찾아 헤맬 때도 있어서 조사하는 데 시간이 오래 걸린다. 그러다 보면 "에잇, 그냥 맛있게 먹으면 안 돼? 설명이 왜 필요한데!" 하고 혼자 화를 낼 때도 있는데, 끈질기게 뒤지다가 원하던 것을 찾는 희열은 정말 대단하다. 그래도 가끔 수능 공부하는 기분이 들긴 한다(웃음).

두 번째 묘미는 화과자를 통한 어긋난 관계의 회복을 지켜보는 즐거움이다. 약간의 오해와 맞물리지 않은 대화 때문에 아끼고 사랑하면서도 단절되어 회복될 계기를 기다리는 사람들이 많이 나온다. 그들의 눈물 어린 이야기를 읽으면서 지금 나는 사랑하는 사람의 말을 잘 들어주고 내 말을 제대로 전하고 있는지 반성했다. 같은 말을 해도 전혀 다르게 알아듣기 쉬운 요즘 세상이다. 조금 더 배려하고 조금 더 이해하는 삶을 살아야겠다.

세 번째 묘미는 뭐니 뭐니 해도 연애에는 숙맥인 구리타와 아오이의 알콩달콩함이다. 이번에는 주인공들의 이야기도 조금 진전을 보였다. 화과자 업계에서 최고라는 아카사카 호오당의 딸이자 화과자 장인이었던 아오이. 대체 아오이의 과거에 무슨 일이 있었을까? 악력이 약해질 정도의 상처와 도가시라는 수상한 소년과 정체 모를 그 사람은 또 누구일까? 멋진 친구이자 멋진 오빠이자 옮긴이의 '덕질' 대상인 아사바 덕분에 자기 마음을 깨달은 구리타가 드디어 고백하려는 찰나에 일이 생겨 안타깝지만 서로 마음이 있는 두 사람이니 로맨스는 느긋하게 기다리기로 하고, 우선 아오이가 감추고 있는 비밀이 무엇일지 추리의 촉을 뿅뿅 세우고 드라마를 기다리는 시청자의 마음이 되어본다.

이소담

기다리고 있습니다
변두리 화과자점 구리마루당 3

1판 1쇄 인쇄 2016년 8월 26일
1판 5쇄 발행 2023년 1월 30일

지은이 · 니토리 고이치
옮긴이 · 이소담
펴낸이 · 주연선

**(주)은행나무**
04035 서울특별시 마포구 양화로11길 54
전화 · 02)3143-0651~3 | 팩스 · 02)3143-0654
신고번호 · 제 1997-000168호(1997. 12. 12)
www.ehbook.co.kr
ehbook@ehbook.co.kr

ISBN 978-89-5660-895-2 04830
ISBN 978-89-5660-980-5 (세트)